インスクリプト
INSCRIPT Inc.

吉本隆明 1945−2007

高澤秀次 Takazawa, Shuuji

5 序章
廃人の歌

15 1章
太宰という罠

39 2章
花田のコミュニズム／
安吾のアナキズム

67 3章
死者を抱く者

105 4章
アジアから母型へ

151 5章
癒されざる〈病〉

179 終章
欲望の肯定と脱政治化

232 註
265 あとがき

吉本隆明 1945-2007

序章

廃人の歌

● はじまりの詩

ぼくはかきとめておかう　世界が
毒をのんで苦もんしてゐる季節に
ぼくが犯した罪のことを　ふつうよりも
すこしやさしく　きみが
ぼくを非難できるような　言葉で

ぼくは軒端に巣をつくらうとした
ぼくの小鳥を傷つけた
失愛におののいて　少女の
婚礼の日の約束をすてた
それから　少量の発作がきて
世界はふかい海の底のやうにみえた
おお　そこまでは馬鹿げた
きのふの想ひ出だ

それから　さきが罪だ
ぼくは　ぼくの屈辱を
同胞の屈辱にむすびつけた
ぼくは　ぼくの冷酷なこころに
論理をあたえた　論理は
ひとりでにうちからそとへ
とびたつものだ

無数のぼくの敵よ　ぼくの苛酷な
論理にくみふせられないやうに
きみの富を　きみの
名誉を　きみの狡猾な
子分と　やさしい妻や娘を　そうして
きみの支配する秩序をまもるがいい
きみの春のあひだに
ぼくの春はかき消え
ひよつとすると　植物のやうな
廃疾が　ぼくにとどめを刺すかもしれない
ぼくが罪を忘れないうちに　ぼくの
すべてのたたかいは　をはるかもしれない

――「ぼくが罪を忘れないうちに」

今でも私は、はじめて読んだ吉本隆明の詩の迫力に、息苦しくなるような感覚に捉えられたのを憶えている。一九六〇年代の末のことで、たまたま手にしたのは、一冊三百二十円の『現代詩文庫8　吉本隆明詩集』（思潮社）だった。当時、吉本はすでに左翼学生の必読誌『朝日ジャーナル』に、「現代の偶像」の一人として祭り上げられるほどの存在だった。『現代詩文庫』に収録中の作品では、名高い『固有時との対話』（一九六九年、吉本は大島渚監督作品『新宿泥棒日記』でその一節を自ら朗読している）や『転位のための十篇』よりも、この詩が鋭く私の胸に突き刺さってきた。

これは『転位のための十篇』の攻撃的パトスが内向化した、自虐と加虐の欲動が痛ましく交差する詩である。まだ十代の私にとって、それがはじめての「現代詩」であった。そこにある噴出寸前のマグマのようなパトスを、例えば萩原朔太郎の「近代詩」から汲み取ることは難しかった。

しかもここには、「ぼくは　ぼくの冷酷なこころに」「論理をあたえた」という独創的な罪責感が、吉本的な「倫理」の核心を照らし出すように、詩的に言語化されているのである。また「毒をのんで苦もんしてゐる季節」、「少量の発作」、「植物のやうな廃疾」といった突出した詩的表現は、自責の倫理の強度を支えているかのようでもある。

その「戦後詩」としてのメッセージ性は、反語的に「ぼくが罪を忘れない」限り、「ぼくのすべてのたたかい」は、永久に持続するだろうという、秘められた戦闘性にあったとも言えよう。吉本隆明という詩人は、少なくとも私の前にそのような、尋常ならざる「論理」と「倫理」を所有した詩人として立ち現れたのである。

あまたある吉本論の先駆的書き手の一人、粟津則雄は、先の「現代の偶像」シリーズの吉本の回の解説で、学園紛争たけなわの六〇年代末の特異な雰囲気を、以下のように伝えている。

ここ数年、大学祭などで諸方の大学に講演で呼ばれるたびごとに、その場での学生諸君の質問の大半が、あるいは、吉本隆明を引き合いに出して、あるいは吉本隆明の用語によってなされることに、ぼくは、しばしば、おどろきと当惑とを覚えたものだ。質問に対して否定的な返答をしたり、質問の意を解しかねて反問したりすると、ふたたび別の吉本理論が引用されるというわけで、ぼくはまるで、吉本隆明を相手に論戦を行なっているかのごとき思いをした。／このような会だけではなく、ぼくのところに送られてくる各大学の雑誌や新聞のたぐいを見ても、吉本隆明は、多くはその思想的指導者として、ときとしてはもっとも強力で危険な敵として、取扱われているようだ。ぼくの知るかぎり、戦後の若い世代に対して、このように浸透的で全体的な影響を、終始一貫して与え続けてきた存在を、他に見出すことはできないのである。

——朝日ジャーナル編『現代の偶像』

粟津はその特異な影響力の原因として、非共産党的な左翼反体制思想の独自性を挙げている。ベトナム反戦に連帯したわけでも、パリ五月革命に共鳴したわけでもない吉本は、だが日本の学生たちが待望する過激にして破壊的「思想」を持し、カリスマ的な威力を発揮しつつ、戦闘的思想詩人としての〝神話〟を形成しつつあった。

●「ぼくが真実を口にすると」――

「ぼくが罪をわすれないうちに」という詩を、最初に読んだときには、思いもよらなかったが、これは悲恋に傷ついた精神「世界」に「論理」を与え、その「罪」に戦《おのの》いた青年の詩ではない。この詩は、戦争による「世界」の喪失から自力で這い上がった青年が、獲得したその「論理」によって、「屈辱」を克服しようとする知的上昇指向が、戦地に赴き散っていった「同胞」の「屈辱」に対して、許されざる罪だとする戦中派の屈折した思いをも含意していたのだ。

その世代意識の特殊吉本的な偏差とその普遍化が、彼をコミュニズム（共産主義）ともアナキズム（無政府主義）とも本質的に無縁な、戦闘的な戦後左翼に仕立てたのである。その限りで吉本は、戦前のプロレタリア文学の戦後への無反省な接続を切断し、あるいは大正時代以来の日本のアナキズムとボルシェヴィズム（ロシア型の過激共産主義）の不毛な対立にピリオドを打つ、非共産党的な左翼反体制思想を独自に築き上げた在野の思想家だった。その社会化されたい「アマチュアリズム」（E・W・サイード、『知識人とは何か』）にこそ、吉本の撥剌としたラディカリズムの特質があった。重要なのは、そうした果敢な思想的切断が、破壊的な効果を発揮したことと、彼の詩人としての資質が、切り離すことのできない関係にあったことだ。

吉本隆明の「詩学」の初期段階（『言語にとって美とはなにか』以前）における到達点「詩とはなにか」（六一年）で、彼はこう述べている。

一九五二年頃、「廃人の歌」という詩のなかで「ぼくが真実を口にすると　ほとんど全世界を凍らせるだらうといふ妄想によつて　ぼくは廃人であるさうだ」という一節をかいたことがある。この妄想は、十六、七歳ころ幼ない感傷の詩をかきはじめたときから、実生活のうえでは、いつも明滅していた。その後、生活や思想の体験をいくらか積んだあとでも、この妄想は確証をますばかりであった。

この一節が、吉本隆明という詩人・思想家の資質を余すところなく伝えているのは、十六、七歳ころの「幼い感傷」の延長にあった「妄想」が、「実生活のうえ」にも明滅し、あまつさえ「生活や思想の体験」を積むにしたがって、「確証をますばかりであった」という、その一見倒錯的な自恃の念によってである。何故なら、そうした詩人の幼い「妄想」は、「実生活」との通路を遮断することによって起こる特異な精神現象であり、一般には「生活や思想の体験」を積むにしたがって、否応なく掻き消されていく質のものだからだ。だが吉本のユニークさは、この詩的妄想の強度を、そのまま散文の論理にまで貫徹させたことであった。あるいは、政治思想と詩学を貫く原理にまで敷衍させたことであった。彼はこう語る。

戦後、時代はかわり社会は一変したかにみえたが、ただひとつかわらないことは、素直で健全な精神は、社会を占有し、そうでないものは傍派をつくるという点である。これは、イデオロギイによって左右されない。たとえば、じぶんで、コミュニストとかマルクス主義者とかと云っている連中を泣きおとすのは、簡単である。プロレタリアのためとか、前衛党のためとかもちだされて、まともに振舞える人物に、わたしは、ほとんど出遇ったことがない。また、革命的な立場にあるものを批判することは、支配者に荷担するものだという論理が擬装された信仰にすぎないことを看破できる革命的なインテリゲンチャに出遇ったことはない。／戦後でも、ほんとのことを口に出したら世界が凍ってしまうという妄想は、ますます強固になった。ただ、習得したのは迂路をめぐる方法であって、この点では少年時代から一向に進歩したとはおもわない。おそらく、「ほんとのこと」を口にできる社会や時代は、現在のところただ指向しうるだけである。わたしにとって、詩にほんとのことを吐き出すというのは現実上の抑圧を、詩をかくことで観念的に一時的に解消することを意味しているようである。

——「詩とはなにか」

詩とはなにか。それは、現実の社会で口に出せば全世界を凍らせるかもしれないほんとのことを、かくという行為で口に出すことである。

——同

ここにも、吉本の尋常ならざる資質が偽りなく開示されている。「現在のところ」どころか、彼が「ほんとのこと」を口にできる世の中など、字義どおりに訪れるはずはないのだが、それはまた、吉本の「妄想」の永続性の揺るぎない支えでもあったのだ。この時、「現実上の抑圧」を一時的にせよ解消する意味をもつ彼の詩は、口にできない「ほんとのこと」を担保に、俄に終末論的ないしは否定神学的な宗教性をまといはじめるのである。

ぼくは拒絶された思想としてその意味のために生きよう

——「その秋のために」、『転位のための十篇』

もしも　おれが死んだら世界は和解してくれ
もしも　おれが革命といつたらみんな武器をとつてくれ

——「恋唄」

こうした詩の断片に表出された吉本の受苦的パトスは、だが彼の詩のみではなく、その散文にまで浸透していったのだ。萩原朔太郎から鮎川信夫まで、詩人にして優れた散文の書き手でもある存在は、吉本以前にもあり得ないわけではなかった。ただ吉本にあっては、「詩」と「散文」の異次元的距たりは、何時でもその「妄想」によって、瞬時に埋め尽くされる仕組みになっていたのだ。一九六〇年代後半、一部学生の思想的な選別意識を刺激した、吉本思想の秘教性は、間違いなくそこから備給されていたのであった。

問題はそうした「妄想」の強度から発した、彼の言説が時に露呈させる著しい偏向である。それは一世を風靡した「吉本神話」や、彼の思想的影響力の時代的必然と明確に区別して論じなければならない。数々の思想的タブーに挑戦した神話破壊者が、その偏向によって延命させた神話が、今なお不当に温存されているとするならなおさらに。

1章 太宰という罠

●太宰治の「転向」

吉本隆明が、戦後の「文学者の戦争責任」問題や、一連の「転向論」で糾弾の対象としたのは、主に戦前の転向コミュニストであり、同時に非転向を金科玉条とする日本共産党の幹部たちであった。前者が戦前のプロレタリア文学運動からの離脱、転向を隠蔽して、戦後に再生しようとしたことを、戦中派特攻隊世代の吉本は許しはしなかったのだ。同様に、獄中にあって戦時期の歴史的現実や大衆の動向と全く無縁に、マルクス主義の教条に跪拝し続けた非転向コミュニストの思想的な無為を、吉本は抵抗とは認めなかったのである。

それとは対照的に、戦前・戦中から戦後への移行に伴う位相のずれに関して、吉本が全く不問に付した転向左翼がいる。戦時期に吉本が、細大漏らさずその作品を耽読した作家・太宰治である。太宰の「共産主義」への傾倒は、弘前高校時代の二十歳から東大仏文入学後に非合法活動に従事（主に活動家への資金提供）した二十四歳まで、時代的には一九二八年（昭和三）からの約四年間である。

その文学作品に表れた痕跡を最大限に重視したのが、吉本の東京工業大学時代からの文学仲間でもある奥野健男であった。奥野はそこで、「太宰文学の全面を掩っている「罪の意識」」、あるいはその「下降的な発想」に、深くコミュニズムの影響があることを指摘し（『太宰治論』）、さらに「太宰の文学も生涯もすべて、コミュニズムからの陥没意識、コミュニズムに対する罪の意識によって、律せられていると思える」とさえ語っている。

戦時期には、いっぱしの皇国青年であったと自認する吉本の戦後における「論理」の獲得が、序章で見たように、根深い「罪」の意識に結びついていたのは何故か。そこに、奥野健男の語る太宰にあっての「下降的な発想」に反する、知的上昇指向への吉本の世代的な自己嫌悪、戦後に生き延びた特攻隊世代の自己処罰の意識が重なっていたことは否定できない。だがそれ以上に吉本にあって、人間精神のなかに認められる「上昇指向」の萌芽は、常に徹底して疑われるべき何ものかであったのだ[1]。

それにしても吉本隆明は、何故に太宰の文学的生涯を、限りなくイノセントなものとして、「転向」問題からも、「文学者の戦争責任」問題からも最終的に除外したのであろうか。一つ疑問なのは吉本が、奥野健男の前出『太宰治論』の書評（『芸術的抵抗と挫折』所収）で、「わたしは、はっきりいまでは太宰治の文学を特異な転向文学のひとつとして位置づけるべきだと考えている」と述べ、さらにその特異性について、太宰の処女作『晩年』の成立（刊行ではなく所収作品の完成の意）が、ナルプ（プロレタリア作家同盟）解散（一九三四＝昭和九年）より二年前であることから、「日本のマルクス主義文学運動の組織が崩壊し前期の文学的転向がはじまる前に、太宰は政治活動者として転向し、文学者として登場していた」という重要な指摘を行っていることだ。ただし、こうした問題提起は、吉本の一連の「転向論」ではそれ以上に発展することなく不問に付され、その結果、先駆的な「転向作家」にして、職業的に巧妙な「戦時下の作家」でもあった太宰治の全貌解明に、著しい偏向が生じたのである。

吉本が太宰治を本格的に論じたのは、遙か後年七〇年代も半ば過ぎになってからであったが、そこで彼はこう述べている。

太宰治が地区の学生組織のメンバーであったことのある戦前の〈マルクス主義〉政治運動における転向と非転向、殉教と背教といった問題はもはやそのこととして左程の意味ある視点をもちえない。［略］〈マルクス主義〉がロシアの国家権力に膨大な虚言を真実とおもわせる力を与えたのはなぜか。この問いだけが生き生きとした意味をもっている。

――「太宰治」、『悲劇の解読』

だがもはやそうした問いは、ソヴィエト・ロシアの解体後の現在、生き生きとした意味など持ち得はしない。問題は吉本が、太宰治の転向問題を何故敗戦直後に、少なくとも「転向」が焦眉の問題構成《プロブレマティック》たり得た一九六〇年代までに、先述した当初の問題提起を敷衍しつつ、問いつめておかなかったのかということだ。

敗戦をむかえたあと太宰はもう一度〈マルクス主義〉の運動のときとちがって、尻込みし、ためらい、疑念をもちながらだが戦争にのめっていったじぶんから大転換を強いられた。そのときおなじ失墜感に直面したといっていい。

――同

「花燭」という作品に即して語ったここでの吉本の言葉が、どこか曖昧で明晰さに欠けるのは、太宰が具体的にどのように「戦争にのめっていった」のか、それが彼の「転向」問題といかなる因果関係にあったのかを、ほとんど不問に付しているためである。

その意味でも近年の大塚英志による一連の太宰治批判は、画期的であると言わねばならない。『女性』（現在の普及版は角川文庫『女生徒』）に収められた諸短篇を中心に論ずる大塚は、「太宰治という作家を理解していく上で重要なのは太宰の作家としての活動期間がほぼ「十五年戦争」と一致している、ということ」、彼が紛れもない戦時下の作家だったことを強調するのだ（『初心者のための「文学」』）。

さらに大塚は、青森警察署特高課に出頭し「転向」した後の戦時期の太宰が、「女性の一人称」による「私」小説の書き手となったことの意味を、強く喚起している。そこで大塚は太宰治が、「何もない、からっぽ」で現実感の希薄な「私」（女性の一人称）が、戦争があたえてくれる「わくわく感」によって、生き生きとした「私」を回復するという小説を書いていたこと、「依り所の見つからなかった空虚な「私」を自然に戦争に導く、より始末の悪い戦争翼賛文学を実は書いていた」ことを、スキャンダラスに暴露している。

その前兆はすでに、一九三九年（昭和十四）の作品「女生徒」に現れていたのだ。ここでの「私」は、まず「あさ、眼をさますときの気持」を、次のような滑かな文体で語り始める。女性を騙る太宰の「語り」が、滞りなく流麗な「書式」に昇華した、記念碑的作品である。

箱をあけると、その中に、また小さい箱があって、その小さい箱をあけると、またその中に、もっと小さい箱があって、そいつをあけると、また、また、小さい箱があって、その小さい箱をあけると、また箱があって、そうして、七つも、八つも、あけていって、［略］何もない、からっぽ、あの感じ、少し近い。

この「からっぽ」を内に抱えた「女生徒」の「虚無」を、やがて「戦争」が十全に充たしてくれるのであるが、その前提条件が出揃うのがこの作品なのである。新聞記事の「近衛さん」や、神社の森の中で休んでいった「兵隊さん」、前橋の連隊に転任することになった「いとこ」が、開戦前夜の差し迫った時局を暗示している。「頭も胸も、すみずみまで透明になって」、「神がかりみたいになっちゃう」予感に囚われるからっぽの「私」は、当面、本を読むことによってその空虚を埋めているらしい。

自分から、本を読むということを取ってしまったら、この経験の無い私は、泣きべそをかくことだろう。それほど私は、本に書かれてある事に頼っている。一つの本を読んでは、パッとその本に夢中になり、信頼し、同化し、共鳴し、それに生活をくっつけてみるのだ。また、他の本を読むと、たちまち、クルッとかわって、すましている。人のものを盗んで来て自分のものにちゃんと作り直す才能は、そのずるさは、これは私の唯一の特技だ。本当に、このずるさ、いんちきには厭になる。

こうした太宰一流の自虐的擬態――「転向」を潜った虚構的自己劇化の変奏としての――は、戦時期における女性の一人称の語りによって、しかも父を亡くした母子家庭の「女生徒」による「語り」であることで、いや増しにある物語的な予兆を引き寄せてしまうのである。言うまでもなくそれは、この少女の精神的空虚を埋める圧倒的現実の到来への期待感の高まりという物語効果に他ならない。「どれが本当の自分だかわからない。読む本がなくなって、真似するお手本がなんにも見つからなくなった時には、私は、いったいどうするだろう」というほどに、せっぱ詰まった彼女の擬態的な同化＝模倣願望は、「書かれてある言葉」の単純化という極点に向かって収斂する以外になかったのである。

「ファシズムとは、何かを言わせまいとするものではなく、何かを強制的に言わせるものだ」とは、ロラン・バルトの至言であるが（『文学の記号学』）、ここでの「女生徒」は、まさにそのような他者の「発語」への自己同一化による自己解消を、切実に求めているのだ。そうした受動性からくる「発語」への期待こそが、扇動的な戦時下の「語り」を組織させるのである。太宰による女性一人称の「私」語りは、その意味で有効に「何かを強制的に言わせる」装置として機能していたのだ。「からっぽ」の卑俗的日常を、祝祭的に満たしてくれる聖なる「戦争」に胸をときめかす「女生徒」――太宰治とは「男」たちの「戦争」を、「女の子」に憑依しそちらの側から巧妙に翼賛した、巫女《シャーマン》的な作家だったのではなかったか。

それならば、もっと具体的に、ただ一言、右へ行け、左へ行け、と、ただ一言、権威をもって指で示してくれたほうが、どんなに有難いかわからない。私たち、愛の表現の方針を見失っているのだから、あれもいけない、これもいけない、と言わずに、こうしろ、ああしろ、と強い力で言いつけてくれたら、私たち、みんな、そのとおりにする。

これは親に「中心はずれの子だ」と言われた、「王子さまのいないシンデレラ姫」を気取る「女生徒」が、「中心」を求めて、戦時下の時局へと身を投げ出す危機的な擬態でもあったのだ。「早く道徳が一変するときが来ればよいと思う」などと、物騒なことを口走りさえする彼女は、「本能の大きさ、私たちの意思では動かせない力」への期待に、今や「気が狂いそうな気持」になっている。「戦争」を欲するこうした饒舌な語りが、多分にシャーマン的機能を帯びてくることは否定し難い。

しかも、「あなたは、だんだん俗っぽくなるのね」と誰かに言われると、「いけない、いけない」と感じてしまう彼女は、「俗」ならぬ「聖」を求めて、「美しく生きたい」と思ってしまう典型的に俗っぽい、戦時下の少女だったのである。問題はその「美しく」の正体が、「からっぽ」であり空虚そのものだったことなのだ。次の一節を書き記す太宰治は、紛れもなく三島由紀夫という後続の作家の同類であったことを印象づける。

ロココという言葉を、こないだ辞典でしらべてみたら、華麗のみにて内容空疎の装飾様式、と定義されていたので、笑っちゃった。名答である。美しさに、内容なんてあってたまるものか。純粋の美しさは、いつも無意味で、無道徳だ。きまっている。だから、私は、ロココが好きだ。

「からっぽ」を持て余し、「大人になりきるまでの、この長い厭な期間を、どうして暮していったらいいのだろう」とモラトリアムに倦怠する「女生徒」は、語の厳密な意味で「戦争」という究極の「執行」を、静かに、だが激しく欲望していたのである。

太宰の「転向」問題に大塚の論点を再-導入するなら、一九三二年（昭和七）、特高に出頭し「転向」したことで、男性一人称の「私」が主体的に時局に対峙する小説を書くことに困難を覚えた作家（それはだが太宰だけの問題ではない）は、戦時期に別の「私」（女性の一人称）を起死回生で立ち上げ、しかもそこで、「からっぽ」の「私」の依り所となる「権威」に、主体的に屈服したということになるだろう。周到にも太宰は、先の『女性』を編むに当たり、女性一人称による「私」語りの系譜に属する「十二月八日」を収録しながら、同じく「英米と戦端をひらくの報」に接したことを明記した、男性一人称による「私」語りの危機的作品「新郎」

を意図的に外しているのである。

因みに「十二月八日」という作品は、「主婦」の語りを基調とするが、そこに登場する朝寝坊のはずの作家の「主人」は、これまた周到にも開戦のその日、「七時ごろに起きて、朝ごはんも早くすませて、それからすぐにお仕事」にかかり、「お昼少しすぎたころ」に出て行ってしまうのだ。その主人の不在を狙うように、「早大の佐藤さん」が入営の挨拶に来たり、徴兵検査で第三乙になった「帝大の堤さん」や、「久しぶりで今さん」がやって来たりするのである。もとより、そこでの主人の「不在」は、小説的には自明の選択なのである。近所の「亀井さんのご主人」も含め、この作品に登場する男たちは、ことごとくこの家の「主人」から〝隔離〟されていなければ、「十二月八日」という、「主婦」の「私」語りによる日付のある小説は、そもそも成り立たないのである。「主人の愛国心は、どうも極端すぎる」という妻の感想は、男同士の会話を介在させた瞬間に、全く別の意味を帯びて「妻」の「私」語りを自壊させずにはおかないからである。

だが、ここでの「主人」の不在、引いては戦時下における太宰作品にあっての極端な父性の排除（を前提とする女性一人称による「語り」の成立）は、彼の「戦後」を極端に困難なものにしたと言えないであろうか。

大塚英志は先の論考で、太宰の自殺する直前の「たった三年間」の戦後の代表作、『斜陽』や『人間失格』が、「戦時下」にでき上がった「私」が、「戦後」には何の役にも立たないこと、

「わくわく感」の消えた戦後の「日常」や「現実」の中で、「私」が全く生きられないことを露呈させた小説であるとも語っている。

吉本隆明の言う、「戦争にのめっていったじぶん」からの大転換は、不可能だったというわけである。いずれにせよ極めて攻撃的な批評を真情とする吉本が、太宰の「転向」を経ての「戦争」へのコミットを、事実上、不問に付したことの意味は少なくない。大塚も問題にした太宰の「待つ」という小説に掛けて言うと、太宰治という作家は、戦前には「革命」を待望し、「転向」後は「戦争」を、戦後においては再び「恋と革命」の成就を待望した、言い換えるなら一貫して俗なる日常を忌避し、非日常的なハレの日の到来を夢見る浪曼者だったのである。その「待つ」ことの空しい期待の戦後への接続を切断することこそ、戦後批評に与えられた重要な使命ではなかったのか。

だが太宰治が戦後の日本共産党とも、マルクス主義運動とも無縁に早々と命を絶ったことで、吉本は自身の提起した「文学者の戦争責任」論からも、「転向論」からも、この「戦時下の作家」を最終的に免罪したのである。

結果的に太宰は、僅か三年というその短い戦後に書いた『斜陽』『人間失格』の作者として、戦後文学史に無傷のまま再登録され、聖なる「道化」を演じることになるのだ。戦後批評にあっての吉本の反日共的ポリティクスと、開戦の翌年の太宰作品「待つ」について、「ベケットの『ゴドーを待ちながら』を連想する」（新潮文庫『新ハムレット』解説）などと的はずれに口走る奥野健男のノン・ポリティクスの盲点がそこにある。

●戦争神経症の文学について

典型的に戦時下の作家である太宰治は、政治的にイノセンスではない。十五年戦争下の彼の無意識は、つとに「戦争」を「欲望」していたのだ。その「欲望」の根深さを物語るのが、戦後の作品「トカトントン」である。

この作品は戦後文学の世界に、はじめて「戦争神経症（患者）」（フロイト－柄谷行人）の問題を提示した記念碑的な作品である。巧妙なのはここで作家が、構成上男性一人称の「私」が、小説家である「あなた」＝「僕」に宛てた手紙の形式を用いていることである。戦前の「春の盗賊」という作品において、早くも「いったい、小説の中に、「私」と称する人物を登場させる時には、よほど慎重な心構へを必要とする」と語っていた太宰である。無論、小説の中の語る主体（「私」）に関して、「よほど慎重な心構へ」を強いていたのは、太宰治における男性一人称の失墜を促した、彼自身の「転向」問題であった。

その屈折し、傷ついた「私」はここで、他者である語る主体（「私」）が、「私」である作家（「あなた」＝「僕」）に、手紙で語りかけるという周到な手続きによって漸く立ち上げられ、その上で深刻な「戦争神経症」について語りはじめるのだ。

昭和二十年八月十五日正午の玉音放送の直後、壇上から徹底抗戦の末の自決を呼びかけ、慟哭する若い中尉に共鳴し、「死ぬのがほんとうだと」思った「私」の耳に、不意に背後の兵舎から、誰やら金槌で釘を打つ「トカトントン」の音が聞こえてくるのだ。

それを聞いたとたんに、目から鱗が落ちるとはあんな時の感じを言うのでしょうか、悲壮も厳粛も一瞬のうちに消え、私は憑きものから離れたように、きょろりとなり、なんともどうにも白々しい気持ちで、夏の真昼の砂原をながめ見渡し、私にはいかなる感慨も、何も一つもありませんでした。

こうしてリュックにたくさんのものをつめ込み、故郷に帰還した「私」は——常に何事か椿事を待ちのぞまずにはいられない太宰的な主体は——首尾よく戦後の「日常」に復帰できるかにも思えた。確かにあの遠くから聞こえてきた金槌の音は、「不思議なくらいきれいに私からミリタリズムの幻影をはぎとってくれて、もう再び、あの悲壮らしい厳粛らしい悪夢に酔わされるなんて事は絶対になくなった」ように思われたのである。

だが「転向」後の戦時期に、空虚で希薄な「私」を、「戦争」による「わくわく感」で染め上げてしまった太宰治が戦後に描いた「私」が、無傷で「日常」的「現実」に帰還できるはずはなかった。その癒やされない「私」の病は、戦後に顕在化する「戦争神経症」の形をとって、この作品に不吉な影のように浸透しはじめるのだ。

しかしその小さな音は、私の脳髄の金的を射ぬいてしまったものか、それ以後げんざいまで続いて、私は実に異様な、いまわしい癲癇持ちみたいな男になりました。

憑きものが落ちるように、ミリタリズムの幻影をはぎとってくれた「トカトントン」が、今度は戦後的な「私」の「日常」への復帰を阻むように、主体的であることを不能にする憑きものとして、「私」に取り憑いてしまったのだ。

と言っても決して、兇暴な発作などを起こすというわけではありません。その反対です。物事に感激し、奮い立とうとすると、どこからともなく、かすかに、トカトントンとあの金槌の音が聞こえて来て、とたんに私はきょろりとなり、眼前の風景がまるでもう一変してしまって、映写がふっと中絶してあとにはただ純白のスクリンだけが残り、それをまじまじとながめているような、なんともはかない、ばからしい気持ちになるのです。

もう、このごろでは、あのトカトントンが、いよいよ頻繁に聞こえ、新聞をひろげて、新憲法案がふっと胸に浮かんでも、トカトントン、あなたの小説を読もうとしても、トカトントン、こないだこの部落に火事があって起きて火事場に駆けつけようとして、トカトントン、伯父のお相手で、晩ごはんの時お酒を飲んで、も少し飲んでみようかと思って、トカトントン、もう気が狂ってしまっているのではなかろうかと思って、これもトカトントン、自殺を考え、トカトントン。

すでに明らかなように、「トカトントン」とは、戦前の「転向」を潜り、戦時下の作家として「戦争」にコミットした太宰治の、「戦争神経症」の形をとった「戦後」への防衛反応であり、同時に「わくわく」した「現実」を待ちのぞんで失墜した主体の、回復不能をも告知した作品だったのである。

真に病んでいるのは、「あなたの小説を読もうとしても、トカトントン」の読者たる「私」ではない。その「手紙」を読んで、「気取った苦悩ですね」とたしなめ、新約聖書マタイ伝を持ち出して、「君の幻聴はやむはずです」とあり得ない希望を語る、戦後に適応できない作家の「僕」の方だったのだ。

「トカトントン」は、「他者」なる「私」の「戦争神経症」による幻聴であるが、それはまた太宰自身のもう一つの精神的外傷＝「転向」から来る神経症的防衛反応であり、深刻な現実忌避の投影ではなかったか。「幻聴」はやむはずがない。もうひとつの別の何かに、彼が取り憑かれるまでは。

太宰の死後には、この作家への露骨な近親憎悪を表明した三島由紀夫が、戦後文壇の新たなスターとなり、その悲劇的なヒロイズムを律儀に継承することになる。『仮面の告白』の主人公に、敗戦による「日常生活」の営みの再開を、「恐ろしい日々」のはじまりと語らせた、「戦後」への不適応者・三島由紀夫は、太宰治の屍を踏み越えた同類の作家だったのだ。

三島を「復員くずれの物騒な若者たちの旗手」に見立て、彼らを相手に闇市で「砂糖やタイヤを売るように氏の隠匿物資を売った」のだと比喩的に語った江藤淳（「三島由紀夫の家」）が、敗戦後の一時期に社会現象化した太宰治その人を、「PX放出物資と同一視するにいたった」（「太宰治再訪」）というのも、むべなるかなである。

ただし太宰治を反面教師に、卑俗的に「私」を語り始めた五十五年体制下の作家がいなかったわけではない。「恋と革命」あるいは「戦争と革命」といった、大きな物語に背を向け、戦後的な「ダス・ゲマイネ Das Gemeine」（卑俗）に徹する戦中派であり、「第三の新人」というマイナーな呼称を背負ったアンチ・ヒロイズムの作家たちである。

例えば太宰の死後、戦後の「わくわく」した「現実」の到来、その祝祭的な「日常」の華やぎに背を向けた「私」を、ユーモラスに立ち上げたのが「ジングルベル」の安岡章太郎であった。総じて第三の新人の文学史的な貢献は、太宰治が耐えられなかった非祝祭的な日常に耐え得る、世俗的な主体＝「私」を、何とか立ち上げたことにつきるのである。

安岡章太郎の先の作品は、焼け跡・闇市的な戦後の余韻の残るクリスマスの夜、巷に聞こえる「トカトントン」ならぬ「ジングルベル、ジングルベル」が、どうしても高崎歩兵連隊での軍曹の掛け声「へいッち、にッ」とダブってしまう戦後的日常への不適応者「僕」の歩調の乱れに示される、非常時の〃わくわく感の拒否〃をめぐる短篇だった。それが太宰作品のパロディを狙った、「戦争神経症」系の文学作品であることは言うまでもない。

同じ主題に収まる「ガラスの靴」もそうだが、ここでの主体の回復を根本的に阻害しているものこそ、「占領」下のアメリカの影、すなわち男性の一人称を抑圧する厳然たる戦後的「現実」なのである。そのために安岡的世界の主人公は、常に女性との関係に失調をきたすのであり、逆説的にはこの「去勢」を代償にして、いかなる「わくわく」にも同調しない不調者としての「私」の戦後的な日常感覚を、作家は辛うじて作品化することに成功したのである。

それこそが、太宰治的なハレの世界への回帰が不可能な、米占領下の戦後を卑俗的に生きるリアルな「主体」だったのだ。この太宰的「わくわく」から、安岡的「のらりくらり」の主体変換の不可逆性を無視した太宰文学の普遍化こそ、その「戦時下の文学」としての負の本質を隠蔽するものではないのか。

吉本隆明は近著『家族のゆくえ』を、次のように語り始めている。

青春期のはじめ頃、わたしがいちばん印象深く感銘したのは、太宰治の「家庭の幸福は諸悪のもと」という言葉だった。時はあたかも敗戦直後の焼け跡の混乱期で、わたし自身はいわば徴用動員の工科系学生くずれといった身心のデカダンス状態にあった。――「序章」

そして吉本のこの本は、次のように締めくくられるのである。

わたしは青春期に太宰治の愛読者だった。いま老年期に入っても愛読者に変りない。彼は家族論を負の言葉で優れた作品に結晶させ、生涯にわたってそれに殉じた戦後最大の作家だったとおもっている。――「あとがき」

「家庭の幸福は諸悪の本《もと》」は、太宰の死後発表された遺作「家庭の幸福」の結びの言葉である。因みにもう一つの「遺作」となった短篇「桜桃」には、「子供より親がだいじ」というこれまた有名な言葉が書き記されてあり、いずれも吉本好みのキャッチフレーズなのである。「老年期」に入ってなお、吉本がこれほど太宰に執着するというのも、異様と言えば異様なのだが、ここに吉本の「転向」問題、具体的には若き天皇主義者から一転、「苛酷な論理」を身につけた無党派の左翼として、戦後を生きてきた彼の生涯を重ね合わせるとき、その太宰治コンプレックスの根源にあるものが、おぼろげながら浮かび上がってこよう。

私たちは一般に、「転向」を左翼・共産主義思想・運動からの離脱、ないしはそこからの反転右傾化として捉えがちであるが、戦中の天皇主義者が、その反動として戦後に著しく左傾化した特異な「転向」例を、吉本隆明に求めることも十分可能なのである。

その戦中派皇国青年から、戦後無党派左翼への変態の過渡期、彼自身の言葉を借りるなら、「徴用動員の工科系学生くずれといった身心のデカダンス状態」にあった敗戦直後の吉本が、太宰治の小説の言葉に感銘し、癒されてもいたのである。それは一体、何を意味するのか。

●一九四八年の死と再生――

太宰治の「落第」「転向」「心中未遂」による心的外傷、果ては「人間失格」意識を伴う複雑に絡み合ったコンプレックス、その末期的な自己解体の過程、虚構世界の崩壊の臨場感に、敗戦による「身心のデカダンス状態」にあった吉本、および太宰の若い読者たちは、こぞってある種のカタルシスを感じ取ったに違いない。それは彼ら自身が、戦時期にその精神にまとった衣を脱ぎ捨て、戦後社会に復帰するための必須のイニシエーション（通過儀礼）でもあったのだ。さらに踏み込んだ言い方をするなら、戦前は極左マルクス主義運動に、戦時期には保田與重郎らによる日本浪曼派の伝統回帰の文化潮流にも接近した戦後への不適応者・太宰治ほど、新時代の「犠牲」に相応しい存在はなかったはずなのである。

「皇紀」に基づく戦時期の聖なる時間にピリオドを打たれたからには、何ものかがその穢れを一身に背負って、祀《まつ》り棄てられなければならない。太宰治が玉川上水で山崎富枝と入水心中した一九四八年（昭和二十三）とは、奇しくも東京裁判が決着し、東条英機ら七人のA級戦犯に絞首刑が執行された年でもあったのだ。

こうして太宰はその劇的な死によって、「戦時下の作家」としての穢れをきれいに祓い落とし、改めてイノセントな作家として祀り上げられることになったのである。戦争協力により、公職追放にあった数多くの文学者の中で、直接、「戦争翼賛」に走ったわけではない太宰は、だが明らかに「戦争にのめっていった」庶民的女性の「わくわく感」を描いた作家だったのだ。

今にして思えば、太宰の敗戦後間もないあの時期の死の衝撃は、そうした「戦時下」の作家的営為を忘却させるに十分だった。こうして彼は、諸々の罪や穢れを浄化した〝癒し系の作家〟として、「戦後」文学に再登録されることになったのである。復員崩れその他、大勢の戦中派青年の戦後社会への復帰と並行するようにして。先述したように、アンチ・ダザイスト江藤淳の慧眼のみが、太宰文学の闇市的な賑わいが、典型的な「敗戦現象のひとつ」に過ぎないことを見抜いていたのだ。いずれにせよ太宰治という作家が、今日に至るまで国民的人気を誇ってきた背景には、おそらく「戦争」にコミットした戦時下の皇国「臣民」との隠微な〝共犯関係〟の清算という、特殊戦後的な事情が関与していたはずなのである。

ことに若き皇国青年として、疑いなく「戦争にのめっていった」吉本隆明にあっては、太宰の自己解体への屈折した共感が、彼自身の戦後「転向」の起爆剤になった側面を見逃せない。つまり戦後の吉本にとって、太宰治は安岡章太郎と違った意味で、再生のための反面教師だったはずなのである。「家庭の幸福は諸悪の本」――とは、そもそもケ（褻）とハレ（晴）、日常と非日常のダイナミズムの中に言葉を定位しようとし、「大衆の原像」を担保するに到った吉本の文学的理念とは、本質的に相容れないはずのものだったのである。

あの太宰の小説中の言葉は、戦後の家父長制の崩壊を折り込み済みの「家長」失格者の、自虐に充ちたアイロニーなのであって、「子供より親がだいじ」も同様に、父権の自己放棄に通じる反語的表現だったのだ。それをもって太宰が、「家族論を負の言葉で優れた作品に結晶させ、生涯にわたってそれに殉じた」などというのは、いかにも贔屓《ひいき》の引き倒しであろう。

ここでも吉本は、太宰治を反面教師に、「家庭の幸福」に汲々とする保守的な「大衆」を、決して敵にしない新手の戦後左翼として自己確立するという、矛盾する一面をもっていたのだ。ならば私たちは、彼が何故かくまで「戦時下の作家」太宰治を、限りなくイノセントな作家として受容できたのかを、その深層意識における両者の親和性にまで踏み込んで捉え直してみる必要があるだろう。

その手掛かりの一つとして、吉本が東工大の先輩として影響を与えたと思われる奥野健男の出世作『太宰治論』に改めて注目してみよう。因みに奥野健男という文芸評論家は、太宰治と坂口安吾を、同じ「無頼派」の作家として括り出し、安吾の「人間は生き、人間は堕ちる」（『堕落論』）を、太宰的「下降指向」の延長で捉え、両者の文学的資質の重大な差異を、事実上覆い隠した批評家である。

その太宰論で奥野は、フロイトを援用しつつ、「虚構の春」や「思ひ出」に表れた太宰治の「分裂性性格者特有の被視妄想」に注目している。これは「転向」以前の病理にかかわることだが、奥野は太宰にあっての超自我的な「自己の中の他者」が、自己中心的な創造者としてではなく、常に「欲望の批判者」として表われているとし、そのことが原因で太宰が、「自己求心的な上昇指向を否定」し、自ら進んで「下降指向」の文学の方に向かったのだと語っている。

であるなら「家庭の幸福は諸悪の本」とは、そのような太宰が、戦後にあって精神的に自己解体寸前に追い込まれた際の、「欲望の批判者」の視線を意識（被視妄想）しての、なけなしの身振りではなかったのか。すでにこの作品（「家庭の幸福」）で、太宰における一人称の語り手は、虚構の「私」を演じることに耐えきれず、ふいと思いついたという短篇小説の主人公、「私の幻想の中の人物」の固有名に、作家は「津島修治」という、「私の戸籍名」を当てるしかなくなっていたのである。

また「桜桃」では、遂に「太宰という作家」が素顔を覗かせ、「もう、仕事どころではない。自殺ばかり考えている」と告白するに至るのだ。無論それは、太宰にとっての最初で最後の危機ではなかった。周知のように太宰的な偽悪と擬態が、辛うじてフィクションとして成立した佳作「ダス・ゲマイネ」にも、すでに「太宰」は登場していたからだ。この作品が、「昭和十年」というマルクス主義文学崩壊と転向の危機の時代（文芸復興期という名の）の産物であることは注意を要する。太宰治はこの虚構《フィクション》をめぐる固有名の危機を、最終的に「戦争」によって、女性一人称による戦時下の「私」語りによって回避し、それを未解決のまま戦後に持ち越していたのだ。

戦時下の作家・太宰治を支えていたフィクションの成立条件が、敗戦によって劇的に覆った時、彼の自己解体は、フィクションの不可能と連動して起こるべくして起こったと言うべきなのである。この末期の太宰の自己解体的「ノンフィクション」を、近時の吉本は全面肯定した上で、「彼は家族論を負の言葉で優れた作品に結晶させ、生涯にわたってそれに殉じた戦後最大の作家だった」と手放しの讃辞を送ったのである。これは吉本隆明という思想家の「転向論」を支える文学観の本質にもかかわる、太宰治という罠への、余りにも不用意な埋没ではないのか。

2章

花田のコミュニズム／安吾のアナキズム

●花田清輝の問題提起

さて、ここまで見てきた「戦時下の作家」太宰治を、全く別方向から擁護したのが、吉本の最大の論敵・花田清輝の敗戦後の論考、「二十世紀における芸術家の宿命——太宰治論」（一九四七年）であった。タイトルが示すように、花田はここで太宰治の可能性の中心を、日本近代文学史上の作家という限定から切り離して、「二十世紀」のモダニズム「芸術」のリミットを自覚した、ポスト・モダニズム意識において見ていたのである。花田はこう語る。

かれの小説は、いわば小説というものの白鳥の歌であり、いささかも小説の未来性を信ぜず、むしろ、その終焉の日を一日でもはやめようとして、小説のなかに、それを否定し、それに反抗し、それを破壊しようとする物語の要素を敢然とみちびきいれることによってつくられたが、それはかれが、今日の小説の古典的完成の前に手も足も出ず、形式の点で、なにか新機軸をだそうとして物語の手法に走ろうとしたためでもなく、また、その内容の点で、「なるようにしかならない」小説の灰いろの世界に堪えきれず、「どうにでもなる」物語のはなやかな世界へ逃れようとしたためでもなく、すべてそういう若々しい心のうごきとは関係なく、反対に、日夜、宿命感に責め呵まれ、一気に年をとってしまい、あらゆるものが二重にみえはじめたかれの老眼に、生活のディテイルを、因果律をたよりに、こまごまと描いてゆく小説の形式や、必然性の上にあぐらをかき、悠々と落着きはらっている小説の内容が、あまりにも苦労をしらない、単純素朴なものとしてうつり、それが現実的な顔をすればするほど、ますます非現実的な気がしだし、どうしても現実のすがたをあますところなく捉えるためには、目的論的に構成された事件のつぎつぎにおこってゆく有様を、因果律を無視して描いてゆく物語の形式や、必然性のかわりに自由意志の跳梁する物語の内容を、小説の形式や内容と、縺れあい、絡みあわせることが必要だと思ったからであった。幸い、物語は、日本のフォークロアの形をとり、かれの頭のなかに撥剌として生きていた。こうして、どうにでもなるが、しかし、また、それと同時に、なるようにしかならない、彼の『晩年』の世界ができあがった。それは自由なるものの必然の世界であり、必然なるものの自由の世界であった。超個人的なものであると共に、個人的なものである、宿命だけの支配している世界であった。

——『花田清輝全集』第三巻

花田はここで、前近代的な文学の形式である「物語」と、近代的な「小説」という形式が、その矛盾対立する相克のなかから、「近代」を超克する手掛かりを引き出す可能性を、太宰治の自己破壊をかけた文学的営為のなかに見出そうとしていたのだ。彼が韜晦を滲ませたアクロバティックなレトリックを駆使しながら、この同年（一九〇九年）生まれの作家の可能性の中心だけを見ているのは、その「道化」的な身振りによって、この国の私小説的伝統の中に埋没しかけた「私」を、危機一髪救い出し、それを超近代的な何者かに変成させる最後のチャンスを見たからなのであった。

前近代を否定的な媒介にして超近代へ——。活字文化以前の口承文芸の世界にある前近代性、例えばフォークロアというジャンルの、そのどうにでもなる「物語」性の豊かさを、なるようにしかならない近代「小説」の形式の中に導き入れることで、起死回生を図ろうとしていた野心的な試みとして、花田は太宰の処女作『晩年』に注目するのである。しかもそれを、一九三〇年代の思想的な危機、世界史的な「近代」の終焉の予感に重ね合わせながら。

もとよりそれは、昨今の吉本のかなりナイーブな太宰治讃などとはおよそ趣を異にする、両義的な評価でもあったのだ。「『桜桃』について」(同全集第三巻)で花田は、「家」という桎梏をバリケードに転化しようとして奮闘したが果たせず、戦争により「家」のためにがんじがらめにされた太宰の敗北と戦後の自己嫌悪について精確に語っている。さらに、前近代の可能性に覚醒した民俗学者を論じた「柳田国男について」(同全集第八巻)では、こう述べている。

しかし、わたしには、かれ〔太宰治〕の文学が、あるばあいには、前近代的なものに——他のばあいには、近代的なものに支配的な契機をみいだしながら、結局、両者の対立を止揚することのできなかった典型的な「敗北の文学」のような気がしてならなかった。

無論そのような両義的な評価こそが、太宰治という「罠」から逃れるための最も賢明な方法であっただろう。これに対して、奥野健男の『晩年』評は次のようなものだ。

昭和十一年に刊行された『晩年』は、同時代に登場した高見順、伊藤整、石川淳、堀辰雄、中野重治、坂口安吾ら一九三〇年代の文学者の試みとともに、既成のリアリズム中心、私小説中心の文学の克服をめざした、現代文学の先駆的作品として、今日も新鮮さを失っていない。

——「解説」、新潮文庫版『晩年』

ここに羅列されたのは、堀辰雄と中野重治を除き、概ね「無頼派」の作家として奥野が好んで論じてきた作家たちである。如何せん奥野はその差異にも、あるいは芥川龍之介を仲立ちとした、中野と堀を結ぶ一九三〇年代的な、真にクリティカルな出逢いにも無関心を装ったまま、漠然とこの時代の「文学者の試みとともに」あった『晩年』の可能性、すなわち既成のリアリズムや私小説中心の文学へのアンチテーゼとしてあった、太宰の処女作の問題性を指摘するにとどまっている。

その一九三〇年代的アポリアを象徴するものこそ、志賀直哉的な「リアリズム」であり、同じく志賀直哉的な「私小説」であったのだ。死の直前の太宰治の志賀への渾身のアタック（随筆「如是我聞」）の意味を、だが私たちは花田清輝の論点を踏まえて、改めて考えてみる必要があるだろう。「二十世紀における芸術家の宿命」を、「負の言葉」（吉本）で背負った太宰治の、「十九世紀における小説家の宿命」を、「正の言葉」で背負った志賀直哉に対する敗北の現代性ということをである。

花田清輝の知性が際だっているのは、彼が「一九三〇年代の文学者の試み」（奥野健男）の中から、志賀直哉的な「リアリズム」、あるいは志賀直哉的な「私小説」からの不可避的な逸脱として、太宰、坂口安吾、田中英光、石川淳といった「無頼派」（文学史的にも彼らは、志賀的な「正統」に対する異端としての「無頼派」だったのだ）の作家たちの可能性を、それぞれの個性を超えた普遍的な課題として捉えていたことだ。とりわけ一九三〇年代的知性の問題として重要なのは、花田的なコミュニズムと安吾的なアナキズムが、いかに近接していたかということであろう。

両者の「連帯」は、例えばかつて平野謙が夢想した、昭和十年前後における小林秀雄と中野重治の「連帯」による反軍国主義反ファシズムの「人民戦線」構想などより、はるかに現実味のある大戦前夜一九三〇年代的な危機に対応した〝協働〟の実相だったのだ。

後に戦後思想の〝勝ち組〟吉本隆明が、花田清輝に「転向ファシスト」の烙印を押し[1]、また結果として「戦時下の作家」太宰治の「転向コミュニズム」の限界を不問に付し、無傷のまま戦後に延命させたことにより、花田的なコミュニズムと安吾的なアナキズムの近接による〝批評戦線〟の可能性は、事実上封印されたに等しかった。

安吾の死（一九五五年）の後、戦後批評の表舞台を一時的に担ったのは、先の平野謙、本多秋五、埴谷雄高、荒正人ら『近代文学』一派であった。花田清輝は戦時期の「転向」問題、戦後のマルクス主義運動と日本共産党の前衛党としての主導権問題などに関する吉本隆明との論争と相前後して、彼ら『近代文学』派と「モラリスト論争」を展開する。論争の火蓋を切ったのは、ケストラーの『真昼の暗黒』の評価をめぐってであった。花田のモラリスト批判のポイントは、戦前のマルクス主義運動からの転向者である彼らが、戦後に立ち上げた文学的「主体」が、結局は反動的「ヒューマニズム」の役割しか果たし得ず、もはやそれが政治的前衛の敵であり、芸術的前衛の敵でしかないというものであった。

アヴァンギャルド芸術と社会主義リアリズムの関係を、政治的にホンヤクすれば、アナルコ・サンジカリズムとボルシェヴィズムの関係になるだろう。そして、その間には、ヒューマニズムというようなアイマイなものの介入する余地は、いささかもないとわたしはおもうのだ。いや、歯にキヌをきせずにいうならば、日本のヒューマニズムは、現在、政治的には、社会民主主義以外のなにものでもないのだ。したがって、社会民主主義がアナルコ・サンジカリズムとボルシェヴィズムの共通の敵であるように、ヒューマニズムは、アヴァンギャルド芸術にとっても、社会主義リアリズムにとっても、共通の敵だということになる。

——「政治的動物について」、同全集第六巻

ところで、「モラリスト論争」で槍玉に挙げられた『近代文学』同人と花田清輝の間には、戦時期にある接点があった。しかも、坂口安吾を介した人脈の中で。柄谷行人は「坂口安吾のアナキズム」の冒頭で、次のように述べている。

戦時中、坂口安吾は『現代文学』という同人雑誌に加わり、大井広介、平野謙、荒正人、本多秋五、埴谷雄高といった人たちと交友していた。それを通じて花田清輝のことも知っ

ていた。安吾はもちろん、彼らがもと共産党員あるいはそのシンパサイザーであることを知っていた。が、そのような人たちが安吾のことをどのように考えていたかというと、おおよそ理解を超えていたというほかない。

――『文學界』二〇〇五年十月号

因みに、上記の他に山室静、佐々木基一など後の『近代文学』同人を含む『現代文学』（主宰・大井広介）は、有名な安吾の「日本文化私観」の初出誌でもあり、一九四〇年から一九四四年まで全四十五号が発刊された。まさに戦時下の文芸同人誌である。ここから、戦後の『近代文学』（一九四六年一月創刊）同人の分離が起こった事の意味は、それなりに深長であろう。何故ならそこから、安吾的なアナキズムと、花田的なコミュニズムの可能性が、最終的に排除[2]されることになるからである。

花田清輝と『近代文学』同人との間の「モラリスト論争」は、その延長でしかも因縁めいたことに、敗戦後十年を経た坂口安吾の死の直後に起こった。そしてこの時、背後から日本共産党の党員文学者であった花田清輝の教条マルクス主義、文化官僚主義への傾斜を警戒、批判を試みたのが、戦後のヒューマニズムとも民主主義とも常に一線を画していた埴谷雄高（「永久革命者の悲哀」、「闇のなかの自己革命」）であった。

『近代文学』最左派の埴谷雄高は、同人内にあって例外的に、アナキズムからボルシェヴィズムに鞍替えした後に「転向」した変わり種であった。カントとレーニンとドストエフスキーを通過した彼の形而上学は、思考に飢えた戦後の政治がかった文学青年たちを魅了する「難解」さに満ちあふれていた。そしてもし、「戦後文学の党派性」というものがあり得たとするなら、それはこの言葉の命名者でもある埴谷雄高による、花田的コミュニズムの矮小化と、安吾的アナキズムの隠蔽によって成立した党派性でしかなかったのである。

アンチ花田の文脈において、埴谷の追随者として出発した吉本隆明が、安吾ではなく太宰治の徒であったというのも、何やら因縁めいている。だが吉本の登場の意味は、埴谷雄高の〝露払い〟役にとどまりはしなかった。何より吉本は、『近代文学』派への痛烈な批判者でもあったのだ。「『近代文学』派の問題——インテリゲンチャ理念の終焉」(『模写と鏡』)で、彼ら前世代の批評家に引導を渡した吉本は、花田的なコミュニズムの党派性と、『近代文学』派の戦後文学としての進歩性を同時に否定することで、無党派自立左翼としての自らの言説を正当化したのである。

もっとも吉本にしても、戦後文学の世界と全く隔絶したところで、その批評言語を機能させることは出来なかった。そこで彼は作家では、野間宏と激しく対立しつつ、埴谷雄高と島尾敏雄を戦後文学者の群れから切り離して評価し、また同世代の井上光晴などとも一時的に連帯、一九五四年には島尾、井上に奥野健男、武井昭夫、清岡卓行、遠藤周作などを加えた文学同人誌『現代評論』に参加、「マチウ書試論」を発表している。またその後継雑誌として、橋川文三を同人に加えた『現代批評』があり、吉本は「転向論」、「社会主義リアリズム批判」を発表、六〇年安保前夜の批評戦線として機能した。

一方、詩の世界にあっては、鮎川信夫、田村隆一、北村太郎ら『荒地』派の先輩同人たちとも概ね良好な関係を保っていたのだ。一九六〇年前後の花田清輝との論争と訣別は、その思想的生産性は別として、原因ははっきりしていた。戦中派吉本による、前世代の思想的首領・花田に対する批判のポイントは、以下の引用部分に集約されていた。

> 太平洋戦争は、不毛の世代とよばれるわたしたちを生産した。この世代にとっては、死をおそれざる自己の否定という課題が、戦後の思想的な課題となりえた。イデオロジーとしていえば、戦争という非日常的な世界につかれた観念から、日常世界への通路をつける思想的な課題であった。すくなくとも、平和とはそのように理解されたのである。このような世代にとって、革命という課題が、思想上の日程にのぼるとすれば、けっして革命を戦争体験とそのまま同型にかさねあわせることはありえないのである。花田清輝のような理念が、戦後、革命者としてとおることをゆるすために、わたしたちは戦争中、必然的に

やってくる自明の死をさけることはしまい、と決意したのではなかった。

――「アクシスの問題[3]」

かく言う吉本が、「革命」を「戦争」の延長にあるものとし、「しかし、ふりかえってみれば、戦争もまた、革命と同様、ミュージカルのようなものではなかったか」(「二つの絵――戦後文学大批判」)と平然と語る花田を許せなかった理由は、実に分かり易い。だがそこで怒りを爆発させるだけでは、肝心の花田の「戦後文学大批判」の論旨を見落とすことになる。

安吾的アナキズムにも近接した、二十世紀の芸術家・花田清輝、彼は活字文化以降のメディアにおける「近代の超克」を模索するマーシャル・マクルーハンの同時代人であり、なおかつ戦後に日本共産党に入党したコミュニストだった。花田は先の文章を、こう続けている。

そこでもまた、セリフは歌に変り、芝居は踊りへ移っていき、われわれのすべては、しばしば、日常性からの脱出と、善悪の彼岸への跳躍とを要請されていたのではあるまいか。そして、それゆえにこそ、戦争文学のアンチ・テーゼとしてあらわれた戦後文学が、これほどまでに日常性への頽落に甘んじ、善悪の此《し》岸《がん》にのみしがみつき、反戦的であると同時に、反革命的であるのではなかろうか。わたしは、野間宏が、かれの「真空地帯」の否定の上に立って、同一の材料をミュージカルであつかったなら、たぶん、劃期的な作品をかきえたであろうと考える。太平洋戦争をミュージカル化した「南太平洋」が、アメリカで大当りをとっているのは、理由のないことではないのである。戦争を否定するものが革命であり、革命を否定するものが戦争であるとはいえ、否定するものと、否定されるものとのあいだには、おどろくべき類似性がみいだされる。小林多喜二と火野葦平とを表裏一体としてとらえるためには、われわれは、かならずしも平野謙のいわゆる「成熟した文学的肉眼」の助けを借りる必要はない。いわんやその「成熟した文学的肉眼」なるものが、じつは自然主義文学によって毒されたモラリストの未熟な眼であって、われわれの眼にプラスとしてうつるものを、ことごとく、マイナスとして評価するにおいてをや、だ。戦争中、戦争の革命へ転化する決定的瞬間を、心ひそかに待ちつづけてきたわたしは、あまりにも早過ぎた平和の到来に、すっかり、暗澹たる気持にならないわけにはいかなかった。ところが、荒正人などにとっては、その決定的瞬間から、かれらの「第二の青春」がはじまったのである。

——「二つの絵——戦後文学大批判」、『花田清輝全集』第八巻

二十一歳で敗戦を迎えた戦中派吉本に対し、花田はそのときすでに三十六歳だった。両者の対立軸は、誤解の余地のないほどはっきりしている。戦争という非日常的世界から、日常世界への帰還こそが最大の思想課題だったという戦中派吉本にとって、戦争から革命へと、非日常的な理念のあいだを綱渡りしているかにも見える花田の挑発的言辞への反発に加え、戦争体験

の違いからくる「転向」問題をめぐる思想的な基軸（アクシス）のズレは、あまりにも決定的だったのだ。

「太平洋戦争を、もっとも生々しい現実のなかで背負わされた世代」を代表する吉本には、前世代の花田による戦時期のプロレタリア文学者への寛容が、自らの「転向」に対する隠蔽工作のように映ったのであった。ここから吉本は、花田清輝の戦後における多分に図式主義的な革命の戦略を、ことごとく反動的な教条マルクス主義（＝スターリニズム）に還元して、葬り去ったのである。

それに対し、一回り以上も年上の花田にしてみれば、戦争はすでに過去の出来事でしかなかった。さらにまた、「吉本隆明のように狂信的に戦争のなかへのめりこんでいったものは、きわめて一部の青年だけだ」（「『大菩薩峠』と戦争責任」）という覚めた認識があった。その吉本が、「日本にれっきとして実在している前衛党の役割を無視して、労組や学生組織だけの力で、革命が実現できるとおもっている」（同）かのように、過激な言説を派手に撒き散らしていることが、戦後に日共に入党しながら、「党員としての活動をしたこともないし、党費を一遍も収めたこともない」（大西巨人の証言、『未完の問い』参照）運動族・花田清輝の〝疚《やま》しい良心〟と神経を、逆撫でしたのである。

さらに花田には、吉本の戦争責任の追究が、「つねにコミュニストにだけ向けられていることと」（「吉本隆明に」）に対する不満があった。彼の立場からするなら、「戦争責任を、つねに戦後責任との関連においてとらえられなければならないとおもうものであるが、いまだかつてかれは、一度もおのれの戦後責任を問題にしたことがない」(同)と切り返すことができたわけである。

戦争を内乱へというレーニン流の革命の方程式を、実際、花田清輝がどの程度額面通りに受け取っていたかは疑問である。少なくとも花田は、「日常性からの脱出」、「善悪の彼岸への跳躍」を要請される「戦争」なり「革命」のミュージカル性に対して、太宰的感性で「わくわく」していたわけでも、のめっていったわけでもなかったのだ。むしろ、「早過ぎた平和の到来」に、わくわくと「第二の青春」のはじまりを予感していたのは、荒正人のような微温的「モラリスト」の方だったのである。

ところで、花田の『近代文学』派へ向けた「モラリスト」批判を先取りしていたのが、他でもない敗戦直後の坂口安吾だったのだ。安吾は荒正人や平野謙たちが戦時中から互いに言い交わし、「石に囓りついても」生き残って発言権を持つ立場に立とうとしていたという、その「確信の根拠」そのものが、信じられなかったと述懐している(「魔の退屈」)。ここで安吾は、「魂のデカダンスと無縁」な彼らの戦争観を、「夢想児」のそれであるとして、その「中途半端なモラル」を批判していたのだ。

一方、花田清輝が恐れていたのは、戦後日本が戦時期の反動で、「日常性への頽落に甘んじ、善悪の此岸にのみしがみつき」、革命的なエネルギーのいっさいを失ってしまうことだった。

コミュニスト花田は、その限りで戦後的な「反戦平和」論者ではなかったのである。しかも彼は、非暴力革命論者であると同時に、「ヒューマニズムにたいしては、終始一貫、反対してきた」(「二つの絵」)人物でもあった。そのアンチ・ヒューマニズムは、「戦後民主主義」の理念を補完する人間主義への反発として、御都合主義的に打ち出されたものではない。自ら語るように、花田はダンテやレオナルド、マキャヴェリなどを論じた戦時期の労作『復興期の精神』を、「アンチ・ルネッサンス論」という意図のもとに書いていたからである。

その反・人間中心主義は、「群論—ガロア」の掉尾を飾る有名な一節、「緑いろの毒蛇の皮のついている小さなナイフを魔女から貰わなくとも、すでに魂は関係それ自身になり、肉体は物それ自身になり、心臓は犬にくれてやった私ではないか。(否、もはや「私」という「人間」はいないのである。)」という戦時期の花田の自己否定の覚悟に明かである。

戦時期の「死をおそれざる自己」の「否定」ということが、まずもって戦後の思想的な課題となったと吉本は語っていた(前出「アクシスの問題」)。だが花田にあっては、「私」という「人間」の自己否定こそが、「戦争という非日常的な世界」に拮抗する、唯一の日常的な生存の条件だったのだ。そして彼にとっての「革命」もまた、「私」という「人間」の揚棄を前提とする究極の「近代の超克」でなければならなかったはずだ。

だからこそ彼は、戦時期の反動としての、人間主義的な「戦争」の抑圧にすぎない反戦平和路線に、単純に与するわけにはいかなかったのである。花田が吉本のような戦中派世代の強烈なパーソナリティの突出に、思わず顔をそむけたのも、荒正人ら『近代文学』同人の「第二の青春」に象徴される、自己肯定的な「人間復興」の旗印を冷笑したのも、すでに「私」という「人間」を葬り去った花田の矜持であり、韜晦《とうかい》のポーズだったわけだ。

花田が「私」という「人間」の自己否定を賭けて獲得したのは、「戦争」と「革命」の類似性を、例えばミュージカルといった卑近な材料に繋げて語る批評的な複眼であった。花田にとって獄中で拷問死したコミュニスト作家・小林多喜二と、『麦と兵隊』の戦争協力者・火野葦平を、「表裏一体としてとらえる」平野謙の「成熟した文学的肉眼」なるものに、「自然主義文学によって毒されたモラリストの未熟な眼」を透視するのは、さして難しいことではなかった。

だが花田清輝がその独創的レトリックによって、故意に隠蔽したものがあった。それは彼の待望する、「戦争」の「革命」への転化を最終的に阻止したものが、日本の軍隊を完全武装解除し、獄中のコミュニストを解放し、さらに財閥解体、農地解放といった、この国の為政者も国民も全くなし得なかった改革を断行した占領軍の権力であったという事実だ。さらには、二十世紀にあって、「革命」を最終的に否定する対抗概念が「戦争」ではなく、「反革命の最も尖鋭な最も戦闘的な形態」(丸山真男)としての「ファシズム」であったという、もう一つの歴史的事実である。

花田清輝という生粋のコミュニストは、「戦争」から「革命」へと、非日常的な理念のあいだを綱渡りしていたわけではなかった。実際、戦時下の彼に、「否、もはや「私」という「人間」はいないのである」と、主体の解体を迫ったのは、「ファシズム」の反革命的な暴力以外の何ものでもなかった。より厳密に言えば、花田清輝とは「戦争」でも「革命」でもなく、日本的「ファシズム」に複雑にコミットした二十世紀の芸術家であり、また特異なコミュニストだったのである。「転向ファシスト」という、吉本が花田に押し被せた貧困な烙印は、その危機的な可能性を直視することを妨げる怯懦で無力な表象にすぎない。

『復興期の精神』によって、「わたしは、イデオロギー領域で、たった一人で、太平洋戦争をたたかっているつもりになっていたのだ」(「モダニストの時代錯誤」)と語る花田は、「近代の超克」をテーマとするこのアンチ・ルネッサンス論を、『文化組織』という雑誌に連載していた。

「文化再出発の会」を母体とするこの雑誌の事実上のスポンサーが、「戦時宰相論」で東条英機と激しく対立、軍部から睨まれて現職の衆議院議員のまま自刃に追い込まれた中野正剛だった。中野は戦前の「憲政会」時代に、シベリア出兵時の機密費横領事件を追究、「民政党」時代には、張作霖爆殺事件を追究した野党政治家だった。

戦時期には強権政治を主張して国民同盟「東方会」を結成したものの、大政翼賛会に吸収され、この時点で花田と中野の関係は切れる。因みに福岡市生まれの花田の父親は、旧黒田藩のコネクションで中野正剛と幼友達だったという（花田「永徳・信長・謙信」、『箱の話』参照）。右の「文化再出発の会」は、中野正剛の実弟・中野秀人と同郷の花田が旗揚げした戦時下の文化組織だった。吉本隆明は中野正剛に「社会ファシスト」（北一輝ら「農本ファシスト」に対する）のレッテルをはり、「転向ファシスト」花田との癒着関係を執拗に糾弾した。事実、花田は自らも認めるとおり、一時期「東方会」の機関誌『東大陸』の編集長を務めさえしたのだ。

『東大陸』の前身は、中野の岳父で国粋主義の提唱者・三宅雪嶺の『我観』で、戦後は『真善美』と改題、花田の『復興期の精神』をはじめ、野間宏の『暗い絵』、埴谷雄高の『死霊』などはいずれもこの我観（後に改め真善美）社から刊行されている。さらに安部公房、加藤周一、中村真一郎、福永武彦、島尾敏雄といった作家たちの著作刊行を含めると、日本の戦後文学は三宅雪嶺－中野正剛という野党的右翼の屍を踏んで、産声を上げたとさえ言えるのである。

花田清輝のファシズムへの複雑なコミットの別の側面を見ておこう。それは戦時下の彼のぎりぎりの「抵抗」に、亀裂を生じさせた象徴的「事件」であった。事の成り行きは、前出の雑誌『現代文学』に発表した「虚実いりみだれて」という一文中にあった、「草莽の精神」についての花田の辛辣な批評が、時局を風刺しているというので、「大東塾」の塾生たちの怒りを買い、襲撃、殴打された挙げ句に屈辱的な「陳謝」を迫られたというものだ。その花田を最終的に擁護したのが、この雑誌にかかわっていた坂口安吾であった。

花田清輝の名は読者は知らないに相違ない。なぜなら、新人発掘が商売の編集者諸君の大部分が知らなかったからである。知らないのは無理がないので、花田清輝が物を書いていた頃は彼等はみんな戦争に行っていたのだから。〔略〕彼は戦争中、右翼の暴力団に襲撃されてノビたことがあった筈だ。／戦争中、景山某〔正治〕、三浦某〔義一〕と云って、根は暴力団の親分だが、自分で小説を書き始めて、作家の言論に暴力を以て圧迫を加えた。文学者の戦犯とは、この連中以外には有り得ない。／花田清輝はこの連中の作品に遠慮なく批評を加えて、襲撃された、ノビたのである。このノビた記録を「現代文学」へ書いたもの〔「太刀先の見切り」〕は抱腹絶倒の名文章で、たとえばKなどという評論家が景山に叱られてペコペコと言訳の文章を「文學界」だかに書いていたのに比べると、先ず第一に思想自体を生きている作家精神の位が違う。その次に教養が高すぎ、又その上に困ったことに、文章が巧ますぎる。つまり俗に通じる世界が稀薄なのである。／だが、これからは日本も変る。ケチな日本精神でなしに、世界の中の日本に生れ育つには、花田清輝などが埋もれているようでは話にならない。

——「花田清輝論」

繰り返すなら、この坂口安吾－花田清輝の連帯の環を断ちきったものこそ、戦中派・吉本隆明の世代的な怨恨に発する、多分に被害妄想的な「自我」だったのだ。花田・吉本論争における吉本の強迫戦術の勝利の結果、コミュニスト花田の「ファシズム」への複雑なコミットの、最も繊細で微妙な問題[4]は葬り去られることになる。安吾的なアナキズムとの戦時期の連帯の現実的可能性とともに。

一九五五年という坂口安吾の死の年に、吉本隆明は一連の「戦争責任」論の口火を切る論考「高村光太郎ノート―戦争期について―」、「前世代の詩人たち」を発表している。奇しくもこの年、戦後思潮の五五年体制のもう一方の極である江藤淳が、「夏目漱石論」でデビューするのだ。その後、吉本的な左翼性と、江藤的な保守性との間の敵対的な〝平和共存〟、さらにはまた三島由紀夫的な右翼性を加えた三極構造の前景化により、坂口安吾－花田清輝的な知性は、しばらく戦後思想の後景に退くことになるのである。

それにより、花田のコミュニズムとともに、例えば安吾の戦時期の論考「文学のふるさと」（一九四一年）や後の「堕落論」（一九四六年）が、アナキズムの精神を体現した、一九三〇年代的な危機への対応でもあったという思想的側面が、等閑視されることになったのである。

安吾のアナキズムの発見者でもある柄谷行人は、次のように述べている。

安吾のいう「ふるさと」や「根」は、まさにそこから突き放されることにおいて在る。

［略］また、「大地に根をおろすこと」は、日本の農本主義者のイデオロギーであるだけでなく、ナチス左派に加担したハイデッガーの哲学でもある。ハイデッガーは、「死にかかわる存在」としての、同時に「共同存在」としての本来的な在り方からの逸脱を「堕落」と呼んでいる。しかし、周知のように、安吾のいう「堕落」は、その逆に自らを突き放すような他者との関係において在ることを意味する。それが彼の倫理である。ハイデッガーはいわば「存在」という根から遊離した知性を攻撃するが、安吾において、知性とは「根拠」から断たれたところにおいて「在る」ことにほかならない。いいかえれば、坂口安吾は〝知識人〟なのだ。

――「死語をめぐって」、『終焉をめぐって』（傍点は原文）

また柄谷は別のところで、そのハイデッガーを批判したレヴィナスの言葉を借りて、坂口安吾があらゆる思考の根底に「倫理」をおいていたことを改めて強調している（「安吾の「ふるさと」にて」）。ここで注目すべきは、一九〇六年生まれの坂口安吾が、一九〇五年生まれのエマニュエル・レヴィナスと全くの同時代人であったという事実だ。そのレヴィナスの一九三二年の論文に、「ハイデッガーと存在論」がある。二十代半ばのレヴィナスが、まだハイデッガーの批判者としての全貌を現す以前のこの論文で、早くも彼は偉大なる先学への微妙な距離を意識してこう書いていた。

存在することによって、現存在はもはやすでに自己の諸々の可能性のまっただなかに投げ出され、もがき、遺棄されている。ハイデッガーはこの事実を、「投げ出されてあること（Geworfenheit）」という術語によって規定している。レヴィナスはそれを、「打ち棄てられてある（déreliction）」というフランス語で言い表している。それに続く彼の言葉は、なんと安吾的であることだろう。

打ち棄てられてあることが、情緒的なものの源泉であり、必然的な根拠である。情緒的なものは、実存が彼自身の運命に引き渡されている、そういうところにおいてのみ、はじめて可能になるのである。

——丸山静訳「ハイデガーと存在論」、『フッサールとハイデガー』

坂口安吾が「文学のふるさと」で述べていることは、一九三〇年代的現象でもあった「故郷喪失」からの回復、共同体への回帰への抑止としての「倫理」の意味をもっていた。彼が「モラルがないこと」、「突き放すこと」、「生存それ自体が孕んでいる絶対の孤独」、そうした「ふるさと」の上に、はじめてモラルや社会性が打ち立てられなければならないと語るとき、ナショナルな動機づけを未然に解体する「超自我」について触れたも同然であったのだ。「ふるさとは我々のゆりかごではあるけれども、大人の仕事は、決してふるさとへと帰ることではないから」[5]——。

「堕落」という精神の実践形態も、そうした抑止的な「倫理」、「ケチな日本精神」に対する

「超自我」による解体の働きとしてあるものだった。ここでも安吾の言葉は、「堕落 Verfallen とは、正統的実存の内的可能性というべきものである」というレヴィナスの言葉と、深く響き合っているのである。

その安吾が日米開戦の前年に書いた歴史「小説」が、「イノチガケ」である。これは秀吉以降のキリシタン弾圧の歴史の中で、殉教した宣教師たちの死刑（火刑、穴つるし）の「記録」でもある。講談社文芸文庫『信長・イノチガケ』の解説で川村湊は、「『島原の乱雑記』や『イノチガケ』のような作品に書かれた切支丹《きりしたん》への安吾の関心は、日本人が信仰、すなわち〝観念的なもの〟に殉じた、歴史的な稀のケースということに根ざしたものであり、こうした〝観念的なもの〟の隆盛に、戦前の日本におけるマルクス主義の猖獗《しょうけつ》ぶりが重ねられてイメージされていたと考えることは可能だろう」と述べている。

だが正確には、「マルクス主義の猖獗ぶり」ではなく、そこからの「転向」の問題こそが、これらの作品を書くに当たっての安吾の直接的動機に相違なかった。マルクス主義の弾圧による「転向」問題を、安吾がキリスト教の弾圧の歴史によって喚起したとき、同時代の文学読者がそれを類推することは容易だったに違いない。花田清輝の「プロレタリア批判をめぐって」によると、「イノチガケ」の二年後の一九四二年、杉山平助は『文芸五十年史』の序文で、プロレタリア文学史の叙述の困難さを訴えるために、あえて「今日我々が切支丹について、どれほど知識を蒐集し且つ発表しようとも、そこに何らの危険性も生じない」と述べていたのである。

重要なのは、「イノチガケ」で安吾が取りあげたのが、宣教師の「転向」ならぬ「非転向」的殉死の記録だったことだ。それと対照的なのは、太宰治が「イノチガケ」と同年に、「駆け込み訴え」という作品を発表していることである。周知のようにこの作品は、ユダのイエスへの裏切りを、ユダ自身の語りを用いて太宰流に再‐解釈したものだ。

申し上げます。申し上げます。あの人は、酷い。酷い。はい。厭な奴です。悪い人です。ああ。我慢ならない。生かしておけねえ。

安吾は「イノチガケ」で、「非転向」を正当化したのではない。ただその事実を、叙事詩的に記録したのだ。一見まったくナンセンスな「ファルス」として。精確に言うと、それは小説ではない[6]。太宰はだが、ユダの卑俗的な語りによって、その「転向」をいかにもロマン派的な筆致で、虚構的に正当化したのだ。

その意味で「駆け込み訴え」は、転向コミュニスト太宰治自身の優れて政治的なアレゴリー(小説)とも受け取れるのだ。この作品では、「家庭の幸福は諸悪の本」は、イエスの思想であり、ユダの「ダス・ゲマイネ(卑俗)」は、その偽善を暴くことで、聖なるものへの自らの裏切りを正当化するのだ。聖なるものが、いかに俗なるものによって支えられ、かつその事実に無自覚であるかという論法によって。だがその限りで「卑俗」は、聖なるものへの悪循環的な依存を断ち切れないのである。「革命」にせよ「戦争」にせよ。[7]

その太宰治を、無傷のまま「戦後」に召喚した吉本隆明は、「転向論」の基軸を、一九三〇年代的な思想史上の危機から切り離し、日本的封建制との対決をめぐる父－子相克のホームドラマに還元（中野重治「村の家」の解読を通じて）し、結果的に安吾と太宰のこれら両作品の厳密な比較対照という真に思想的なテーマを、「転向評価のアクシス」から取り落としてしまったのである。

●坂口安吾の非転向アナキズム

『斜陽』『人間失格』の作家は根本的に、その悪循環を断ちきる自己解体的な投企に耐えるだけの精神的タフネスに欠けていたのである。その意味で、転向コミュニスト太宰治の対極にあったのは、非転向アナキスト坂口安吾の存在であったと言えるだろう。

太宰が転向したその年（一九三二＝昭和七年）に、安吾が「Farceに就て」というエッセイを書いているのはいかにも示唆的であるが、太宰にあっての不治の幻聴「トカトントン」に対応するのは、安吾にとっては言うまでもなく、「人間の全てを、全的に」肯定する力能としての「ファルスの精神」であり、また「堕落」という実践であった。「坂口安吾のアナキズム」

（柄谷行人）の正体とは、それ以外ではない。

戦後の「堕落論」で安吾が語っているのは、「武士道」や「天皇」といった表象に再び取りすがり、戦時下の「わくわく感」を、そうした「権威」によって回復しようとする不毛な悪循環を阻止するために、人はいったん「堕ちる道を堕ちきることが必要なのだ」ということ、この精神の永劫回帰によってしか、「主体」＝「私」は回復し得ない（「トカトントン」の幻聴に取り憑かれたまま）ということに尽きるのである。

この安吾的なアナキズムの精神は、およそ「わくわく感」とは無縁な何かであって、それは彼の「真珠」という、甚だ盛り上がりに欠ける「戦争小説」の根底に潜んでいるものでもあった。この作品は、「戦争」を素材とする安吾流の「ダス・ゲマイネ」（卑俗）を狙った大胆不敵な作品で、特殊潜航艇で真珠湾に散った「九人の若者」＝「軍神」の美しい死の物語が、安吾的な散文世界、彼の日常的生活空間の圏内に吸収され宙吊りにされる仕掛けになっている。

開戦直後に、酒や肴を求めて小田原界隈を彷徨する「僕」と、「お弁当を持ったり、サイダーを持ったり、チョコレートまで貰って、まるで遠足に行くようだ」と、勇んで艇に乗り込み、真珠湾をめざして、一路水中に没した九人の若者、この聖なる者と卑俗の象徴のような無頼者の、二つの「遠足」のコントラストにこそ、「安吾の示した戦争にたいする無抵抗」（花田清輝「動物・植物・鉱物――坂口安吾について――」）の最大の可能性が潜んでいたと言うべきであろう。

そして、あらゆる「転向」と無縁なこうした「戦争にたいする無抵抗」こそ、太宰治的な転向コミュニストの屈服した「主体」が、「戦争にのめっていった」のとは全く別のベクトルを示す、「坂口安吾のアナキズム」の真骨頂ではなかったか。太宰の「女生徒」と安吾の「真珠」を、冷静に読み比べてみるがいい。花田清輝の述べる安吾の「戦争にたいする無抵抗」が、実は「からっぽ」の「私」に踏みとどまり、「国体」への積極的無関心を貫く卑俗の「倫理」の大人びた実践であることが分かるだろう。[8]

その精神の戦後への接続はだが、安吾を絶えず太宰治の脇役に置こうとする根強い風潮によって、阻止されてきたとも言えるのだ。確かに太宰治は、その死に様も含めて申し分のないスターであった。だが彼の「ダス・ゲマイネ」(卑俗)の精神は、その実践形態において抜きがたいヒロイズム(「わくわく」)によって、「からっぽ」を満たされる仕組みになっていたのだ。「女性」を「騙る」転向コミュニストの「戦争」への「欲望」は、その最たるものであろう。

あるいは「女性」の「語り」によって、巧妙に装われた転向者の「イノセンス」の、戦後的延命に手を貸した吉本‐奥野ラインによる太宰翼賛によって、安吾の卑俗の散文精神とその象徴である「アナキズム」は、結果的に隠蔽ないしは過小に評価されることになったのだ。

江藤淳が二十六歳の若さで書いた『作家は行動する』で、「日本民衆の巨大なエネルギーをすくいあげ、そのエネルギーに共鳴し」た、「生活者」の文体として最大限に評価したのが、「日本文化私観」の坂口安吾だったのである。ただ『小林秀雄』(六一年)をターニングポイントに、保守派のイデオローグに転じた江藤淳の批評言語からは、そうした溌剌とした安吾評価の基軸は急速に失われていく。

翻って坂口安吾の死は、一九五五年（昭和三十）、政治的に五十五年体制がスタートした年であった。この戦後冷戦構造のイデオロギー対立を反映した、国内左右両陣営の二項対立によって消されたものこそ、安吾的なアナキズムだったのである。まさにそれは、「からっぽ」であることに踏みとどまる卑俗の歴史的精神の断絶を意味した。安吾的精神の戦後における孤立は、他方、五十五年体制を思想面で象徴する吉本隆明と江藤淳という、「からっぽ」の戦後に左右両翼から果敢に挑戦したアンチ・アナキズムの文学者のヘゲモニーによって、いよいよ極まったと言うこともできよう。

●家庭の幸福

『思想のアンソロジー』で、珍しく安吾の「堕落論」に言及する吉本隆明は、「太宰治とともに、坂口安吾は戦後無頼派の作家のうち、いつも大それたことをひそかに考えていた文学者だった」と述べている。

こうした「無頼派」という括りの中で、安吾と太宰の差異線を解消することは、とりわけ両者における「大それたこと」の意味内容のなし崩し的な合成には、やはり無理がある。そもそも敗戦まで「疎開」を拒否していた安吾には、「戦争」さえ「大それたこと」とは考えていなかった節がある。

したがって吉本の、「その片鱗は、天皇、戦犯容疑者、政治家、闇屋などにたいして、憎悪、反感、感傷的な同情感を寄せずに、堕落＝人間らしさで括っているところにあらわれているとおもう」という評価は、必ずしも正鵠を射てはいない。安吾にとっての「堕落」とは、むしろそうした「大それたこと」への憧憬を切断する、俗なる精神への誘《いざな》いであったからだ。

おそらく坂口安吾という作家は、太宰治のように「いつも大それたことをひそかに考えていた」わけではなかったのだ。ところで、大それたことへのヒロイックな陶酔を、聖なる非日常への誘いによって前景化した戦時期太宰の自己解体には、彼の作家としてのサービス精神とも切り離せない資質的〈病〉が関与していた。それは奥野健男（『太宰治論』）の言うように、強迫観念と化した「他の為」の自己抹殺願望であり、またある場合には、「分裂性性格者特有の被視妄想」の形をとった。

太宰治と吉本隆明が、同じ分裂病親和的な気質を共有（吉本には「分裂病者」（『転位のための十篇』）という詩さえある）していることは、こうした非安吾的な資質の著しい突出によっても明らかなのである。太宰の場合、その性格特有の「妄想」が内向し、戦時下の「わくわく感」が消えて、超自我的「欲望の批判者」の監視が最強度に達したとき、彼にとっての虚構の「私」は完全に武装解除され、「津島修治」なり生身の作家「太宰」に自己解体して、彼に自罰としての死を要求したのである。「家庭の幸福は諸悪の本」――とは、戦後に至って、「私」の化けの皮を剝がされた「道化」を処罰する「欲望の批判者」の差し迫った〝声〟だったのである。

自殺した太宰の、常に誰かに監視されているという被視妄想を促したこの「超自我」は、彼自身に自虐的な「道化」を演じさせ、最後には彼を抹殺したのだが、吉本にあっての「妄想」は、「内向」から攻撃欲動に陽画的に反転したところで、彼の皇国青年からの戦後的な「転向」と再生を可能にしたのである。その間欠泉のような怒りの爆発に、私たちは太宰治的な分裂病親和性の性格に対する相似的反対物を見ることができるだろう。戦後における数々の論争で、吉本は常に被害者が怒りのパトスを噴出させるような切迫感で、論争にコミットしては、論敵を「道化」に突き落とすまで攻撃の手を止めなかった。その際、敗れた論敵は俗なる「道化」であり、それによって吉本の言説はますます聖化されるという仕掛けである。

奥野健男が、太宰治の分裂性性格（schizoidie）の特徴として上げた「自閉性」と「疎外感覚」が、吉本にあっては、攻撃欲動の源泉にさえなっているのだ。また自我意識の分裂による「欲望の批判者」は、太宰の場合のように、自己を監視し脅迫的に贖罪意識を刷り込むのではなく、関係妄想による攻撃欲動の主体として再起動し、「他者」への破壊的な反撃を絶えず待ち構えているのだ。

彼はこれまで、自から論争を仕掛けたことはないと、事ある毎に被害者意識を強調してきた。それは吉本自身に、自我意識の分裂の表象である「欲望の批判者」＝「攻撃欲動の主体」が、

「自己の中の他者」であって、自己自身ではないとの分裂症的疎外感が働いているためだろう。

原始キリスト教のユダヤ教に対する反逆のパトスを解明した、初期の「マチウ書試論」で、彼が「自由な意志の選択」を超えて、人間の情況を決定する「関係の絶対性」という否定神学的な概念にたどり着いたのも、分裂性性格者に特有の自己選択、自己決定能力に対するニヒリスティックな不信、ないしは絶望感の過激な反転ではなかったか。さらにまた「関係の絶対性」は、己を無にして極限的情況（「戦争」であれ「革命」であれ）にコミットする分裂病親和者の「わくわく感」とも何ら矛盾するものではなかったのである。

この点で太宰－吉本は、精神病理学の木村敏が『自己・あいだ・時間』で述べているアンテ・フェストゥム（ante festum）的意識、すなわち自由と革命を求める前夜祭型の分裂病親和者だったと言うこともできよう。もともとそれは、革命前夜の「プロレタリアートのイデオロギー」（J・ガベル）を、特徴的に言い表したものでもあった。

事実、かつて吉本隆明に心酔した団塊の世代の尖鋭的左翼学生たちは、何よりも吉本的言説のこの前夜祭的「享楽」がもたらす革命幻想に〝集団感染〟したのではなかったのか。こうして、太宰治を犠牲的媒介にした、およそ極端なタイプとして、「大衆の原像」にあくまで忠実な、優れて戦後的な無党派左翼が、戦後世代の広範な読者を支えとして商業ジャーナリズムの一角に、不動の位置を占めることになったのである。反体制吉本思想の戦後的延命には、太宰治の死を否定的媒介に、「家庭の幸福」を大義の犠牲にするのではなく、日常の中に非日常性を、非日常の中に日常性を見るこの思想家の複眼が大きく作用していた。

もっとも「戦後」にあって、分裂病親和者の「前夜祭的」な意識が、時代への危機感を先取りできたのは、せいぜい六〇年代までであった。だが吉本の思想は、祝祭的戦後の終焉以降にまでその射程を延ばし、脱戦後的な日常にまみれることになる。一九七〇年の三島由紀夫事件、七二年の連合赤軍事件を経て、吉本の思想的悪戦苦闘が本格的にはじまるのだ。

●七〇年代から八〇年代への転回——

今更改めて断るまでもなく、初期の『高村光太郎』から九〇年代の『母型論』『アフリカ的段階について——史観の拡張』に至るまで、吉本隆明が築き上げた戦後思想史上の実績は他に比類がない。だがその根源にある資質的〈病〉から、この思想詩人の悲劇の本質を炙り出した試みはかつてなかったのではないか。この問題を掘り下げてみよう。「祝祭後」(post festum)の俗なる日常世界に就いた、七〇年代以降の吉本の思想的軌跡を、見誤らないためにも。

断言的に言うと、「戦後思想」は、その限界への戦闘的挑戦者であった吉本隆明の、不幸な資質的〈病〉が惹き起こした「スキャンダル」とともに、二十年前に完全に終焉していた。丸山真男に象徴される戦後啓蒙アカデミズムに対して、最大の強度で対抗した在野の吉本思想が、独善の極致で自爆を遂げた時、思想史としての「戦後」はその持続の意味を完全に失った。まずは、その経緯から語りはじめることにしよう。

吉本隆明の存在が、戦後思想史の中でひときわ異彩を放っていた理由は、彼が敗戦の衝撃、具体的には「〈天皇（制）〉から、神話から、伝統の美学なるものからあざむかれ、敗戦によって一挙にほうりだされた体験」（「天皇および天皇制について」）をばねに出発した特異なる戦中派であったからだ。

しかも吉本のユニークさは、その「無知」を、迷妄以上の「罰」として引き受けることを、自身の再生を賭けた思想課題としたことであった。彼は単に、知の課題として天皇問題を引き受けたわけではなかったのである。

迷妄性は啓蒙性によってとり払うことができる。しかし、たんなる迷妄以上のものとして天皇（制）がわたしを捉えた部分を残しているとすれば、この部分を無化するためには、発見と探求が必要である。

――「天皇および天皇制について」

柄谷行人がいみじくも指摘したように、「吉本隆明にとって許しがたかったのは、自分の無知」（『倫理21』）に他ならなかったのだ。その自責の念から、彼は国家や天皇を無化する世界認識を手に入れるべく、思想的な営為を開始する。この意味で吉本の思想は、その攻撃的論争家のイメージとは裏腹に、「自罰」を一方の本質としていたのである。吉本が自らにまず課したのは、「内部世界の論理化」ということであった。
重要なのはそれが、敗戦から十年を経た一九五〇年代半ばに登場する思想詩人・吉本隆明の「倫理」と同時に、きわめてポリティカルな「詩学」の根本をも決定したということである。「政治と文学」の悪循環的二元論に対する彼の不動の構えも、実はそこからくる。だが吉本が、この優れて戦後的な動機であった「内部世界の論理化」という内的契機を、戦前の文学運動にまで拡張して論じ出すや、それは「自罰」の論理から一転して、前世代を告発する有力な武器ともなったのだ。

プロレタリア詩（文学）が、モダニズム詩と対照的に意味の文学性をつきすすめたことは、内部的な世界が現実の世界とかかわる過程を、詩のモチーフとしてえらんだことを意味するものであった。ところで政治運動からの要請が加わったとき、この派の詩人たちは一方で「主題の積極性」の方向へ血路をもとめ、メーデーを描くとか、ストライキをうたうとか、政治闘争をアジテートするとか、いわば外部現実を限定して、素材自体のなかに、詩の政治的な意味を解消させようと試みたといいうる。そして他方では、詩人が組織の要員に化することで、内部世界と外部の現実世界との対応性をつきつめる課題は、未決のまま放棄されたのである。／したがって、詩人が、内部世界を未熟なままに疎外して、積極的な、闘争的な主題にとりくむという現象が、必然的におこらざるをえなかった。

——「現代詩批評の問題」

日本のシュル・レアリズム運動が、詩人の内部的世界と現実世界のかかわりあいの意味をすてて、コトバの芸術の線にそって一個の形式主義文学論によって主動されたものとすれば、プロレタリア・レアリズム運動は、詩人の内部世界の論理化と外部現実の論理化との対応を、はっきりと追求しきれない政治の優位性論にひきまわされ、主題の積極性と政治的情緒とのあいまいな混合物を、文学的意味と政治的な意味との未分化な矛盾、同居のまま、呈出したということができる。

——同

吉本の「自罰」を本質とする内向的な倫理が、「政治と文学」の二元論を突き崩すための攻撃の武器に転じた瞬間である。この戦中派吉本による、「内部」と「外部」の弁証法の陥穽を韜晦に満ちたレトリックで突いたのが、前世代の「前衛」の雄・花田清輝だったのだ。

相変らずかれは、「内部世界の論理化」という言葉を呪文のようにくりかえしています。内部世界が論理化されたあとで、外部世界にたいする論理化の欲求がおこらなければならない、というのが『文学者の戦争責任』以来のかれの主張ですが、これは、要するに、人間革命が、社会革命にさきだたなければならない、という戦後一時期流行した俗論を、少々、インテリ向きにいいなおしたものにすぎません。『現代日本の思想』のなかで、鶴見俊輔が、白樺派の「理想主義」を「観念論」と置き換えたのと同じ手くちです。社会革命の停滞期にこういう俗論が再生するのは、当然すぎるほど当然であるとはいえ、わたしは、このヤンガー・ゼネレーションのスチェパン［ドストエフスキー『悪霊』の登場人物］が、ピョートル［同］のような顔つきをして、戦争責任を追究してみたり、民主主義文学を批判してみたり、プロレタリア詩運動を戯画化してみたりするのをみていると、牛と大きさを競おうとして、空気を吸いこみすぎたため、ついに破裂してしまった『イソップ』のなかの蛙を連想しないわけにはいきません。

——「ヤンガー・ゼネレーションへ」、『花田清輝全集』第七巻

さらに花田は、「内部世界の論理化だと？　ヘソでもながめていればいいというのか」（「吉本隆明に」）という捨て台詞を吐いて、その世代的「倫理」を嗤った。だがこの二人の論争が、吉本隆明に優位に働いたのは、一にかかって、「ヤンガー・ゼネレーション」吉本の、攻撃に転ずる以前の内向的「倫理」の俗論を超えた強度にこそあったのだった。彼の前世代の「前衛」花田清輝に対する優位は、自らの「無知」に目覚めた戦中派の、戦争責任問題に「無恥」な前世代への告発というポーズによって保たれていた。戦争を通過した花田の韜晦に満ちたレトリックは、その強度の前にたじろがざるを得なかったのである。

だがやがて、戦時期の思想的自己責任を引き受けることから出発した吉本の、こうした内向的な倫理が、逆に時代に無化される時がやって来る。それが日本経済が戦後の復興期から、次のステージに移行し、沖縄がアメリカから返還（七二年）され、天皇・皇后の訪欧（七一年）、訪米（七五年）で、単独講和後の「戦後」に一応の決着が付けられた七〇年代だったのである。

そして、一億総中流幻想が蔓延した八〇年代に至り、吉本隆明の思想は、「自責」と「自罰」の持続的契機を失ったまま、その攻撃的スタイルが空転し始めるのである。ここで私たちは、吉本隆明と同世代の戦中派・三島由紀夫が、その死の直前に作家・武田泰淳と行った対談（「文学は空虚か」）での、次の言葉を想起しておくのも無駄ではあるまい。

三島はそこで、「自分は戦後の社会を否定してきた、否定してきて本を書いて、お金もらって暮らしてきたということは、もうほんとうに僕のギルティ・コンシャスだな」と語っていたのだ。繁栄の時代にあっての、反体制思想（文学）の持続の困難に思いを致すように。

この一九七〇年の時点で、三島由紀夫が「極右」の象徴であったとするなら、吉本隆明はまさに「極左」反体制思想の象徴的存在だった。戦後思想が、その時代的使命を終えた繁栄の七〇年代から八〇年代にかけて、吉本のギルティ・コンシャス（「疚しい良心」）は、ではどう表現されることになるか。以下に見る戦後思想の終焉を印象づけたスキャンダルは、「自責」と「自罰」の倫理を解除された戦中派吉本の、根深い資質的な〈病〉によって増幅された事件でもあった。その誤爆に近い「攻撃」は、大岡昇平・埴谷雄高の対談集『二つの同時代史』に、敵を見失った吉本が噛みついたところから始まった。内的倫理の拡散と独善的な自己閉塞の帰結を、強く印象づけるかのように。

事の成り行きは、一九六〇年安保闘争で全学連のシンパと見なされていた吉本の逮捕劇（同年六月の全学連国会突入事件＝六・一五事件）を、当時の論敵・花田清輝が戯文詩に書いたという埴谷の発言を受け、大岡が「あれはおもしろいね、ケチのつけ方が。吉本はスパイで、だから警視庁の玄関から降りて来た、とかね（笑）」とコメント、これを吉本が事実無根として抗議したところからはじまり、双方の思惑が入り乱れて縺れに縺れた論争になった。

吉本隆明は、直ちに配達証明付きの抗議文を両対談者と版元（岩波書店）に送り、その内容を自らが発行する雑誌『試行』誌上に全文掲載（一九八四年十一月発行の同誌第63号「情況への発言」、後に『重層的非決定へ』に所収）、公に発言の訂正を求めたのだ。

吉本の抗議は第三信にまで及び、「スパイ」という言葉が、花田の「戯文詩」[1]にも、その他何れの文章にも存在しない以上、訂正削除を願いたいという主張が繰り返された。

「御発言の「スパイ」というのは、花田・「近代文学」同人のあいだの論争〔荒正人、埴谷雄高らとのあいだに一九五六年におこった「モラリスト論争」〕でとびかった比喩としての「スパイ」とか「ダブルスパイ」とかいう言葉とはちがって、警視庁とつながって実際スパイ活動をした一個人吉本の意味にうけとられます。これは重大な発言で、当時そんな発言があったとしたら、許されるはずがなく、その時決着がつくまで争ったと存じます。小生が花田清輝と論争したのは、果して小生が「左翼に強くて桜田門に弱かったかどうか」、花田清輝が戦争中「右翼に弱かったかどうか」という他愛もないことだけでありました（これは最初の書状に申上げました通りです）」（大岡昇平への第三信より）

●吉本＝スパイ説の自作自演

だが、〈病〉とは大岡の他愛もない記憶違いに対する、明らかに過剰反応気味の執拗な抗議を指して言うのではない。この一件が、戦後思想の終焉を告知する「スキャンダル」である所以は、大岡の誤認した花田による「スパイ」呼ばわりが、実は他でもない吉本自身によって、でっち上げられたものであったからだ。あえてそれをここで取りあげるのは、吉本隆明という〈病〉が、八〇年代を通じていかに深化していたかを検証するためである。

動かぬ証拠は、先の対談でも話題に出てくる吉本の『詩的乾坤』所収の「「ＳＥＣＴ６」について」という文章中にある。因みに「ＳＥＣＴ６」とは、六〇年安保ブント（共産主義者同盟）解体後にできた短命な泡沫セクトの一つである。吉本はそこで、安保闘争後の応戦についてこう述べている。

［略］ことに花田清輝は、某商業新聞紙上で、わたしの名前を挙げずに、わたしをスパイと

呼んだ。わたしが、この男を絶対に許さないと心に定めたのは、このときからである。それとともに、対立者をスパイ呼ばわりして葬ろうとするロシア・マルクス主義の習性を、わたしは絶対に信用しまいということも心に決めた。わたしは、それ以来、スパイ談義に花を咲かす文学者と政治運動家を心の底から軽蔑することにしている。

「某商業新聞紙上で」とぼかし、さらにタイトルも日付も特定せずに「わたしの名前を挙げずに、わたしをスパイと呼んだ」と畳みかけるところが、いかにも思わせぶりである。このスパイ説捏造の自作自演からおよそ十年、今度は大岡昇平への第一信で、平然と「小生の記憶と当時の見聞の範囲では、花田清輝にはそのような発言はなかったと存じます」と言ってのけたのである。対立者をスパイ呼ばわりするのが、ロシア・マルクス主義の習性であり、その典型が論敵・花田清輝であると、何ら具体的な根拠を示さず断定した本人がである。私の知る限りでは、吉本が噛みついた大岡昇平の不確かな記憶の出所は、『詩的乾坤』所収のこの文章以外にないのだ。実際花田には、対立者である吉本を「スパイ呼ばわり」した事実などないのである。ただ、「安保でつかまって、お世話になりました、と警察に頭を下げて留置所を出てきた吉本隆明」に、代々木（＝日本共産党）に対して強い人物が、桜田門に対して弱いのではお話にならないとからかっただけである（「戦後の幻影」）。これは論争の行きがかり上の戯れ言であって、この程度の言い回しが不当だとするなら、吉本はさらに激しい悪罵を花田に浴びせ続けていたのである。
もう一点、戦後思想の終焉が、吉本隆明の、否、吉本隆明という〈病〉と交差する場面を指摘しておかなければならない。それは、同じく大岡昇平への第一信にある次の一節である。

一般的にひとつの対談集が、記憶の間違い、座興にかなう誇張、場合によりましては即興の冗談話を混入いたすことについて、小生はすこしも否定的ではありません。小生にもそんな経験があり、軽くその場の雰囲気に応じて口が滑ったことを、大真面目に反駁され、調べて訂正するのもかえって大げさな気がして、おっくうになり困惑した気分になったことがございます。

にもかかわらず、先の大岡発言を座視できないのは、「文学外の小生の理念の開陳にわだかまりを生ずるおそれ」があるからだとする。この時、吉本の記憶に引っかかっていた「経験」が、何であったかを私は精確に指摘することができる。
間違いなくそれは、この一件を引き金にして、埴谷雄高との間に惹き起こされた「コム・デ・ギャルソン論争」(後述)により、二人が訣別(その生涯にわたる訣別の多発ぶりも吉本的〈病〉の一徴候である)する以前、両者の蜜月時代に編まれた『思索的渇望の世界』(吉本、秋山駿による埴谷へのインタヴュー集、一九七六年)における吉本の不用意な発言であった。

吉本はここで、埴谷雄高とともにかつて『近代文学』の同人であった小田切秀雄を、法政大学で学生運動を弾圧した張本人として、口を極めて罵っていたのだ。

ぼくが学生どもからきいてる範囲じゃ、小田切さんていう人は猛烈に学生運動を弾圧した張本人らしいですよ。法政大学での張本人なんです、学長代理みたいにしてね。つまり学長代理になり下がってしまったんですよ。

「らしい」を（弾圧の）張本人そのものに、「みたいにして」を学長代理そのものに、何の脈絡もなく短絡して、勇ましく相手を罵倒しつつ、完膚無きまで全否定する吉本的論争術の特徴がここに現れている。その無根拠と事実誤認に、小田切が抗議（初出の雑誌『海』一九七五年十一月号を読んで）した時の吉本の対応が、このインタヴュー集の後書きとして残っている。

すでに小田切秀雄から、わたしの発言の部分に抗議の声があがっているのを知った。［略］文句のある奴、事実に反するとおもう連中は、どしどし訂正したり反発したりしたらいいとおもう。わたしは、このインタヴューでの発言を、それによって改訂するつもりはない。その場の即興的な応答以外に意味がつけられるほど、わたしは用心深い態度でのぞんだわけではなかったし、なによりも埴谷雄高の発言にこそ本来の意味が与えられるべき性質のものだからだ。

自身に降りかかってきた、先の問題と比較対照してみよう。学生運動を弾圧した張本人でも、ましてや学長代理などでもないと抗議し、訂正をもとめた小田切にこう切り返す吉本は、そのことで相手の「文学外の理念の開陳にわだかまりを生ずるおそれ」を、ここで全く考慮していないことになる。一方で彼は、『二つの同時代史』における大岡昇平の「その場の即興的な応答」を黙視できずに、公式に抗議を申し入れたわけである。

だが私は、二十年も昔の事件によって、吉本隆明という〈病〉の深刻さを過剰に意味づけしようとしているわけではないのだ。ただ「戦後思想」というパラダイムを、無用のものにした七〇年代以降の日本の脱政治化の波が、この時代的な結節点で、屹立する反体制思想に、いかに苛酷な自己解体の試練を与えたのかを確かめておきたいだけだ。吉本隆明という、奇怪な資質上の〈病〉の根源に遡って。

●埴谷雄高 VS. 吉本隆明

右の論争を踏まえると何やら因縁めくが、かつて埴谷雄高は、吉本の暗さ、内面から溢れるはじらいと、その裏側にある強さとニヒリズムに注目し、彼を武田泰淳や梅崎春生、さらには高橋和巳といった戦後派と同類の《眼を伏せた男》、あるいは《伏し目族》の強者として発見した。おそらくその神通力が、団塊＝全共闘世代をも捉えて放さなかったのである。それから約二十年後の八〇年代半ばに至り、埴谷は雑誌『アンアン』（一九八四年九月二十一日号）のグラビアを飾った「現代思想界をリードする吉本隆明のファッション」に、露骨な嫌悪感を示すのである。

一方、現代資本主義の最先端に眼を注ぎ、世界史の「現在」にかかわる時代の無意識を、「マス・イメージ」として捕獲しようと方向転換した八〇年代の吉本にとって、『アンアン』でのパフォーマンスは、何ら戦後思想の無自覚な拡散ではなく、埴谷的「内面」や「暗さ」への破壊的効果を伴う、戦後思想そのものの自覚的解体作業の一齣にすぎなかったのだ。

だから同誌上で、コム・デ・ギャルソンの衣裳に身を包んだ吉本の写真を、《眼を伏せた男》の転向として、敵意を顕わにした埴谷は、吉本からするとてつもない「阿呆」で、そうした告発の視線は、単に「卑しい」ものにすぎなかったのである。今となっては出来の悪い「掛け合い漫才のひとこま」（吉本自身の言葉）としてのみ笑いを誘う、この八〇年代半ばの二人のやりとりには、だが「戦後思想」の最後の光芒が歴史的に交差してもいたのだ。

私は、あなたを梅崎春生や武田泰淳や高橋和巳と同じ「内面の強者」である伏目族と嘗て名づけましたけれども、この写真のあなたは伏目ではなく、カメラマンの右手を眺め微笑し、なかなかいい顔をしています。／そして、そのとき、あなたは、六二、〇〇〇円のレーヨンツイードのジャケット、二九、〇〇〇円のレーヨンシャツ、二五、〇〇〇円のパンツ、一八、〇〇〇円のカーディガン、五、五〇〇円のシルクのタイ、を身につけ、そして足許は見えませんけれど、三五、〇〇〇円の靴をはいています。このような「ぶったくり商品」のCM画像に、「現代思想界をリードする吉本隆明」がなってくれることに、吾国の高度資本主義は、まことに「後光」が射す思いを懐いたことでしょう。／吾国の資本主義は、朝鮮戦争とヴェトナム戦争の血の上に「火事場泥棒」のボロ儲けを重ねに重ねたあげく、高度な技術と設備を整えて、つぎには、「ぶったくり商品」の「進出」によって「収奪」を積みあげに積みあげる高度成長なるものをとげました。

——「政治と文学と・補足」

そうして何故か雑誌「アンアン」の私の写真姿が、「日本を悪魔」と呼んだタイの一青年と対比されるわけです。貴方に他人の私宅の仕事場にぶらさがった「シャンデリア」や置かれた古い薄汚れた「テーブル」や穴のあいた「ランプ」について、いかにも理念的な意味があるかのような品定めをする「卑しい」習性があることを、はじめて発見したとしても、私には今更貴方を救いようがありません。また『アンアン』誌上で、コム・デ・ギャルソンのデザインにかかる「高価な」衣裳を着た私の写真をみて、「衝撃をうけた」貴方の阿呆ぶりを、いまさら矯正しようにも術がありません。何しろ貴方はそういう貴方の「視線」の卑しさと阿呆さを、八十歳に近い立派な文学的業績のある文学者の誇りを投げ棄てて、公開しておられるわけですから。ただ貴方の八十年になんなんとする生涯が、心の貧寒な不幸なものだったのだな、ということをつくづくと考えさせられただけです。

——「重層的な非決定へ——埴谷雄高の「苦言」への批判」

大岡昇平の『二つの同時代史』における〝失言〟に過剰反応した吉本の独善ぶりに、「苦言」を呈するためあえて「書簡」体をとった埴谷雄高への吉本の反批判は、コム・デ・ギャルソンに〝引火〟したこの第二ラウンドに到り、のっぴきならない乱戦の様相を呈してくる。この論争がいかにも八〇年代的なのは、例えばそこで吉本の勇み足とも思える次のような作品評価が、さしたる基準も明示されぬまま、あからさまに語られているからである。端的にそれは、「コム・デ・ギャルソン」（主宰・川久保玲）のファッションデザインが、埴谷雄高の近作『死霊』七章に、「芸術性で劣ることは決してない」と断言する吉本の批評的新基軸にかかわっていた。前者に関して吉本が、「数少ない「現在」の世界最高の作品」と断ずるとき、その「現在」とは具体的に、『マス・イメージ論』に語られた次のような「現在」を意味していた。

カルチャーとサブカルチャーの領域のさまざまな制作品を、それぞれの個性ある作者の想像力の表出としてより、「現在」という巨きな作者のマス・イメージが産みだしたものとみたら、「現在」という作者ははたして何者なのか、その産みだした制作品は何を語っているのか。これが論じてみたかったことがらと、論ずるさいの着眼であった。——あとがき

こうした新機軸に照らしてみるとき、はじめて難解王と称された埴谷の『死霊』という神話化された未完の長編は、「高次の芸術」の「現在」を代表する特権を剝奪され、コム・デ・ギャルソンというブランドの「マス・イメージ」に同等の資格で対比されなければならなくなるのだ。否、このブランドに限らず、日本のファッション産業はその先端において、すでに「純文学」に対するサブ・カルチャーという下位ジャンルにあるわけではないというのが、吉本の「現在」をめぐる時代認識だったのだ。

ただその覚醒がいかに正当であったとしても、コム・デ・ギャルソンが芸術性において、『死霊』七章に優るとも劣らないという相対比較の根拠は全く不明である。その比較方法論が具体的に示されない以上、両者はただ「現在」という時代の無意識からアトランダムに抽出された、「それぞれの個性ある作者の想像力の表出」として、並列しているというだけにすぎない。結果として吉本はここで、旧態依然たる埴谷のオールド・ボルシェヴィキぶりを嘲笑するために、コム・デ・ギャルソンと『死霊』七章を苦しまぎれに等置するという身振りにおいて、「戦後思想」および「戦後文学」のなし崩し的解体に、ただ現象的に加担しているにすぎない

のである。
だが吉本隆明が、レーニンの『国家と革命』や『哲学ノート』に即して、「理念神話の解体」と「意識と生活の視えざる革命の進行」についての現状認識を自覚的に語りはじめ、「重層的非決定」という一つの方法に行き着く論理過程は、必ずしも現象追随的ではない。では、「重層的非決定」というルイ・アルチュセールの surdétermination「重層的決定」をもじったこの概念は何を意味していたのか。

平たくいえば「現在」の多層的に重なった文化と観念の様態にたいして、どこかに重心を置くことを否定して、層ごとにおなじ重量で、非決定的に対応するということです。私はしばしばそれを『資本論』と『窓際のトットちゃん』とをおなじ水準で、まったくおなじ文体と言語で論ずべきだという云い方で述べてきました。
——「重層的非決定へ」

だがそれは、『アヴァンギャルド芸術』の花田清輝には可能だったとしても、『共同幻想論』の著者にはおよそ不似合いな離れ業だったと言うべきであろう。むしろ吉本隆明という思想家の可能性は、複数の「文体」を駆使しつつ、自らに課した創造と破壊の二重作業をこなしてきた、その多産的力能にあったのではあるまいか。プロレタリア文学系の社会主義リアリズム理論と、戦後民主主義の擬制の超克を当面の課題とする創造と破壊が、それぞれに異なる水準と、異なる文体を要求したことは論を俟たない。花田清輝と丸山真男へのアタックで名をなした吉本隆明という、優れて戦後的な〝商業左翼〟の思想的延命は、ただその一点にかかっていたと言っても過言ではなかった。

●死者に抱かれ死者を抱く単独者

先の埴谷雄高との公開「書簡」論争の振り出しで吉本は、「『革命』とは『現在』の市民社会内部に膨大な質量でせり上ってきた消費としての賃労働者（階級）の大衆的理念が、いかにして生産労働として自己階級と自己階級の理念（およびそれを収奪している理念と現実の権力——その権力が保守党であれ革新党であれ——）を超えてゆくか、という課題だ」（「政治なんてものはない」）と述べている。

この観点から、吉本には反米親ソ（連）に傾いた、文学者の「反核声明」（八二年）に同調した埴谷雄高の政治的理念に疑義を呈したのだ。「戦後思想」の終焉を告知する埴谷・吉本論争の遠因はそこにあった。さらにコム・デ・ギャルソンの評価をめぐる泥仕合の前段階で、吉本隆明はロシア革命の「初源」に遡って、「レーニンとその党派の欠陥や理不尽」から説き起こそうとする埴谷に対して、「だが『現在』の私は、『終焉』におけるレーニンとその党派の欠陥や不備をみている世代に属します」（同）と語っている。

「終焉」から「現在」を透視するというこの吉本的方法は、「戦争で死にそこねた世代に属する」彼の本源的資質であるばかりでなく、また「カントの先験的な形式論理よりも、ヘーゲルの観念の弁証論の方に惹かれる」という吉本の思想的な性向でもあったのだ。後に「最後の親鸞」という理念型に沿って、解体する知識人像の「現在」の課題を語りはじめた吉本隆明に特徴的な方法意識である。

だが、逆に「初源」の時期の吉本隆明像から、その「現在」を批判する埴谷雄高の方法にも、少なくとも三分の理はあったのだ。頭部に「背光」を負って、若者向けのファッション雑誌に颯爽と登場した吉本隆明の「伏目」ではなくなったその表情が、八〇年代における彼の「転向」の明瞭な徴候だったかどうかはともかく、埴谷雄高がかつて多面的に語っていた吉本隆明についての「初源」のイメージが、比類なく精確であったことは疑いない。

吉本隆明に止めを刺す、戦後日本の反体制極左思想が、七〇年代以降の脱‐戦後化、脱政治化を急速に促す大衆の時代にあって、具体的にどのような「転向」を余儀なくされたのかは、むしろそこから再考するしかないのだ。埴谷雄高的な「永久革命者」（自称）の悲哀に満ちた非転向の時代錯誤ぶりとともに。ではその吉本像は、どのように彼の資質的な〈病〉と切り結んでいたのか。コム・デ・ギャルソン論争からさらに遡行して、それを一瞥しておこう。

一九五九年の吉本の『芸術的抵抗と挫折』の書評（『埴谷雄高全集』第四巻所収）で、埴谷はこの思想詩人の「初源」のイメージを、「予言者をとりまく群衆達から遠くかけ離れたところに暗く立っている「最後に来た人」の印象」と、多分に神話化して語っている。そしてその暗い無気味さが、「墓場から出てきた人」の無気味さに通じるとして、戦争の大量死の中から甦ってきた戦中派吉本の特異性に触れているのだ。

私はさきに、彼が暗く立っていると書いたが、その暗さのなかには激しい苦痛を極めて自然なものとして受けとめている恐るべき自然な凝視が含まれているほかに、一種名状しがたいほどの暗い無気味さが含まれているとつけ加えておかねばならない。その無気味さは、敢えていってみれば、「墓場から出てきた人」の無気味さとでもいうべきだろうか。墓のなかから、戦争の大量な死のなかから甦ってきた彼には、死をすでに知ってしまったものの不思議な無恐怖がある。

――「吉本隆明『芸術的抵抗と挫折』」

だが必ずしもそれは、世代的特徴に還元できるものではなかった。吉本が醸し出す「死をすでに知ってしまったものの不思議な無恐怖」は、暗い無気味さとして、前世代の作家である埴谷の眼に止まったのだが、それ以上に強く印象づけられたのは、彼の「あけっぴろげの無気味さ」であったという。

ここに、吉本隆明に固有の資質である〈病〉の原型が、点描されていることは明らかである。興味深いのはその暗く、あけっぴろげな無気味さを湛えた資質的〈病〉の進行が、埴谷雄高によって「初源」のイメージとして定着された〝吉本神話〟の、その後の流通拡大と、決して無縁ではなかったことである。

右の書評で、「花田清輝もついにこの詩人に抗しがたいことに気づいた」と語り、吉本に軍配を挙げた埴谷は、その理由を、何物かを正面に隠蔽して横から思いがけぬものを取り出す、花田や埴谷自身の年代（一九二四＝大正十三年生まれの吉本と花田・埴谷には、それぞれ十四、五の年齢差がある）に特有の「方式」が、吉本の「あけっぴろげの無気味さ」についに及ばないと脱帽している。

もちろん、このリップサービスには、埴谷一流の自己保身――当時の日本共産党の党員文学者・花田清輝を、戦前の転向左翼・埴谷雄高が戦後派の非党員左翼・吉本隆明を擁護することで牽制するという――の側面を見逃すわけにはいかない[2]。だが、私たちはここから、吉本隆明という〈病〉の原型に近づいてゆくことが出来るだろう。

その前提としてまず、花田清輝や埴谷雄高の世代が、正面に隠蔽したものとは何であったかを確かめておこう。言うまでもなくそれは、「転向」（および擬装転向）という過去であり、戦争の（死者たちの）影であり、またそれに伴う彼らのギルティ・コンシャス（「疚しい良心」）であった。

吉本隆明の暗い無気味さ、あけっぴろげの無気味さは、政治的転向と無縁に戦争にコミットした世代の特徴でもあった。とりわけ吉本の特異性は、戦争の死者たちのなかから甦り、死者に抱かれた戦中派であると同時に、その死者を抱いて「墓場」から「戦後」へと蘇生したゾンビ、生き返らされた死者の「無恐怖」にこそあったのだ。

それが花田や埴谷たちのような、一度は「恐怖の権力」に屈して転向し、戦後に再蘇生した前世代のゾンビにとって、吉本の存在が脅威であり、その言説が、時に強迫的に彼らの「疚しい良心」を刺激した最大の理由だった。

ことに転向による死の恐怖への屈服を、ゾンビたちの「私語」（＝死の形而上学）で粉飾した『死霊』（この本の扉には、「悪意と深淵の間を彷徨いつつ／宇宙のごとく／私語する死霊たち」の一節が刻まれている）の作者が、吉本のあけっぴろげの無気味さにたじろいだのは当然であった。

埴谷が直感したように、文学者の戦争責任論にはじまる、吉本の一連の「転向論」を彩る思想的告発のポーズは、およそ疚しさとは無縁な身振りとして際だっていた。それは、戦争の死者に抱かれながら、死の影を隠蔽するのではなく、それを正面から抱いた最初の単独者に相応しいものであった。

こうして五〇年代以降、吉本隆明のラディカルな反－戦後思想は、死（者）の影を独占した単独者（＝ゾンビ）の無敵の論理として、「戦後民主主義」神話の形成に加担した文学者だけではなく、日本共産党の非転向無謬神話にまで破壊的な作用を及ぼしてゆくのだ。

その吉本隆明の方法に最初に懐疑の眼を向けたのは、生粋のコミュニスト詩人・谷川雁であった。彼は吉本の方法があまりにも「容易」であり、既成「前衛」を「下から、後の世代からつきあげる勝負はまける方がどうかしている」(「庶民・吉本隆明」、『工作者宣言』)とさえ語った[3]。ましてや、谷川がいみじくも指摘する、「二等兵にしてかつ大隊長たる吉本」にとってはだ。

彼はそれを世代的特権として、花田清輝(および膈に傷をもつ転向文学者)に立ち向かったのだ。戦中派として二等兵に徹する吉本は、同時に戦後派として、空位になった「大隊長」の位置から前世代に揺さぶりをかけた。彼の文体の強度を保証する「あけっぴろげの無気味さ」(埴谷)は、そこから生まれる。

谷川雁は六〇年安保前夜の花田・吉本論争に関しても、「花田の敗北は論争の外にある私たちの勝利でないことはもとより、吉本の勝利というぐあいにも単純にはつながらないのである」(「花田清輝」、『影の越境をめぐって』)という覚めた眼で、この左翼陣営内での世代間闘争を見守っていた。日本における革命の課題をめぐっては、近代と前近代(封建的残像)の両方を相手取る「双面革命」でなければならないとする吉本に対し、花田はプロレタリアートを革命の担い手とする「ブルジョア民主主義革命」でなければならないとして鋭く対立した。

だが私たちはそうした表層的対立とは別の次元で、この論争が吉本に優位に働いたもう一つの要因について考えてみなければならない。そこに作用していたのは、『近代文学』の同人の一人・本多秋五が喝破したように、「彼(花田)の言説が最大の効果を発揮したのは、実は大衆の間ではなく、大衆にコンプレックスをもつ知識人の間においてであった」(『物語　戦後文学史（上）』）という時代的条件であったのだ。

この点に関しても、花田を「後の世代からつきあげる勝負」に賭けた戦中派吉本の優位は動かなかった。再び谷川雁を引こう。詩的レトリックを散文の世界に大胆に導入して一世を風靡した谷川は、解体寸前の「知識人」――「大衆」の二項図式に対して、「そのどちらにもはげしく対立する工作者」という第三項を提示する（「工作者の論理」、『工作者宣言』）。「すなわち、大衆に向かっては断固たる知識人であり、知識人に対しては鋭い大衆であるところの偽善の道をつらぬく工作者」というアナーキーな表象を、彼は華麗に擬装したのである。

九州の炭坑争議（大正鉱業闘争）にもコミットした谷川雁によるこの第三項の設定は、だが現実的には凡庸な反近代主義に回収可能なレトリック（後に彼は「ヘヴィ・インテリ」を必須の前提とする「ヘヴィ・プロレタリア」なる新階級を理論仮説として捏造する）にすぎなかった。むしろ商業ジャーナリズムにおいて、その「偽善」を、真骨頂の「あけっぴろげの無気味さ」のもとに実践したのが、「二等兵にしてかつ大隊長たる吉本」だったのである。その無気味な暗さが、世代論を超えてある種の神話作用を六〇年代において発揮していたことを、ここで改めて想起しよう。ただ吉本的なこの暗さの本質が、埴谷的な解釈の密教性の外部に出るために、私たちは吉本よりさらに後の世代に属する「戦後派」の登場を待たねばならなかったのだ。

●自己と世界を呪う暗い旋律

吉本隆明の初期の詩的散文の強度から、彼の資質的〈病〉の本質を探り当てた人物がいた。吉本と同様に「疚しい良心」のひとかけらもなく、政治的にあけっぴろげの強者を演じた戦後派・江藤淳である。彼は吉本の詩から、橋川文三や村上一郎[4]といった戦中派の、特異な世代感覚と区別された、「鞭の痛みに喜悦を感じる精神の被虐者」の「暗い呪詛の旋律」(『「体験」と「責任」について』)を嗅ぎ当てたのである。

江藤淳が直感的に探り当てた、吉本隆明の資質的〈病〉の本質とは何だったのか。

一九六〇年、安保闘争の高揚のただ中に発表された論文「「体験」と「責任」について」で江藤は、『抒情の論理』に収められた敗戦直後の吉本作品「エリアンの手記と詩」と「異神」を引き、「自分を語る用意があるとはこういうことをいう」と特筆した。そこに戦中派特有の「心情の傾斜」が、紛れもないひとりの思想詩人の資質的な〈病〉と、劇的に交差していたことを、江藤淳は見逃さなかったのだ。

この抒情詩人は嵐を愛し、純粋を信じ、さまよえるオランダ人のように常住漂泊をつづけている。しかし、彼は自分の醜くさ、不毛さ、生への嫌悪を自覚していて、その醜くさに対しての「ナルチスムの性」を感じ、神に追われる者の「鞭の痛み」に喜悦を感じる精神の被虐者であることをも告白している。彼は「此の世に生きられない」、彼は「あんまり暗い」。このニヒリズムには、村上一郎、山田宗睦、橋川文三氏らといった善良な夢想家たちのおし立てている大義名分の旗印などはない。つまり、吉本氏は何ごとかをあきらかに「体験」し、それを表現している。それは彼の語るところから肉の裂け目のようなものがほの見えることからもうかがわれるので、ここには凡百の学者が好む概念の積み木細工などは一片だにありはしない[5]。

江藤はここで、吉本の戦争「体験」以前にある資質上の決定的「体験」を問題にし、畏怖の念を表明していたのだ。「戦争責任論」など、実は吉本の戦術的方便にすぎない。彼は自分の「哀しみ」と「不毛」と「暗さ」の代償を、身近なものを破壊することによって僅かに求めようとしているだけではないか。それこそが、吉本隆明の〈病〉の本質にあるものだった。後にも先にも吉本は、これほどその思想詩人としての資質の核心を照らし出されたことはなかったはずである。

江藤淳について吉本は、「わたしのうちなる文学者としての感度では、この人は政治的には敵であるかもしれないし敵になるかもしれないが、根っこからの文学者である資質をもっているとおもえた」(「一つの証言」、『江藤淳著作集』2 月報、一九六七年)と語り、さらに「江藤さんと僕とは、なにかしらないが、グルリと一まわりばかり違って一致しているような感じがする」(一九六六年の初対談「文学と思想」での発言)とも述べている。これが、戦後の体制・反体制両派を代表する両者の最初の文学的出会いであった。

言うまでもなく江藤淳は、彼自身の資質的〈病〉と深く共鳴するものとして、文学者の戦争責任を問う吉本の加虐的告発のスタイルに隠されていた本質、「精神の被虐者」が自己と向き合い、真摯に言葉を紡ぎ出すときに現れる「肉の裂け目」のようなものを、優れて吉本的な〈病〉として探り当てていたのだ。

——〈エリアンおまえは此の世に生きられない　おまえはあんまり暗い〉——

この「エリアンの手記と詩」の一節から、精確にも江藤は、人間の存在の条件を引き受けることに耐えられない、「他者とともに生きることのできぬ人間」の、「肉の裂け目」からほとばしり出る「暗い呪詛の旋律」を聴いたのだ。その内向した資質がいったん、外部に向かうとき、「此の世に生きられない」彼の言葉は、まさに他者を「熊の毛のように傷つける」(「エリアンの手記と詩」)のである。江藤が注目したのは、その逆説的な社会性と、戦中派の世代意識を超えた詩的言語の圧倒的強度であった。

埴谷雄高が、戦中派吉本隆明の特異点として着目した、「墓場から出てきた」「最後の人」の暗い無気味さを、江藤は「戦争体験」から切り離し、資質的な「宿命」という一点に絞り込んでいったのだ。「戦争」を、固有の思想的な体験として反芻する以前に、自分の存在を呪うだけでなく、世界を呪い、幻滅していた吉本のような心情の持ち主に対して、「戦争」が今更なにをつけ加えたというのか。「戦争責任論」も「転向論」も、そうした吉本の「個人的な呪詛」の条件的表現にすぎず、「進歩的文学者」をたじろがせた程度で癒されるほど、「此の世に生きられない」彼の「暗さ」は、底の浅いものではなかったと江藤は言うのである。

ではその個人的な呪詛が、六〇年代以降、反体制左翼思想の純粋結晶のように、〝吉本神話〟という名のもとに流通していったのは何故なのか。江藤は例えば、戦争のさなかに吉本隆明は、自分の認識が一々実証されていくのに苦い快哉を叫んだにちがいないと語る。さらに彼は、その「暗い呪詛の旋律」が、日本に生きる者のなかに常にひそむ調べでもあると言う。庶民と吉本の違いは、ただそれを自覚して生きているか否かなのだと。

吉本が自己および世界に対して、密かにかけた呪い（「おまえは此の世に生きられない　おまえはあんまり暗い」）は、戦時期の破局的な「現実」において正夢になったとも言えよう。だがそれが、彼の呪いとして自己表現されるのは、戦後においてである。

敗戦というカタストロフを経験した後に、その呪縛から一時的に解放された一般庶民および多くの進歩的文学者は、これを機に「暗い呪詛の旋律」から、いっせいに身を翻し、なし崩し的に「自由」の幻影に浸ったのだ。「自責」と「自罰」の意識から、戦後の思想的営為を開始した吉本隆明とは逆の回路で。

吉本の「おまえは此の世に生きられない」が、江藤淳の語るように、「貧しい農民の歌」であったかどうかはともかく、日本的精神風土に絡みついた「暗い呪詛の旋律」から自由な、明るい庶民も、進歩的文化人も、占領下の日本にあっては本当の意味で存在するはずはなかった。七〇年代の終わりから江藤淳は、従来の文芸批評を逸脱する形で、占領下の言論統制のもとでの不自由な言論を、自己欺瞞的に自由と取り違えた進歩派の知識人の認識の錯誤に対して、執拗に「個人的な呪詛」を投げ返すことになる。[6] そこにもまた、吉本とは別の意味で攻撃的な批評を信条とする、江藤淳の資質的な〈病〉が関与していたのかも知れなかった。

●進歩的文化人の戦後転向

確かに宮沢俊義の〝八・一五革命説〟[7] も、それに便乗した明治憲法改正無用論者だった丸山真男の御都合主義的な方向転換「超国家主義の論理と心理」（『世界』一九四六年五月号）[8] も、すべてはＧＨＱの顔色を伺う「疚しい良心」を引きずった進歩的文化人のあられもない戦後「転向」の記念碑に違いなかった。

だが、吉本の「戦争責任論」や「転向論」が、戦中派の過激な反体制思想にとどまらぬ神話作用を発揮した真の理由は、その「個人的な呪詛」の反復が、戦後にあってほとんど唯一の

「時代的な呪詛」からの、交換不能な自己解放の叫びとして突出していたからだ。その根本を貫くものは、戦時期の吉本の「無知」への「自責」と「自罰」の念に貫かれた、「世界認識」への飽くなき欲望であったのだ。

日本共産党をめぐる、戦中非転向の前衛党無謬神話への、吉本の破壊的攻撃は、その非妥協的認識の徹底性から導かれたものであった。こうして彼は、後の江藤淳による神話剝がしに先行し、無党派左翼の立場から、「戦後民主主義」、「戦後マルクス主義」の呪縛からの思想的な脱出口を、鮮やかに示すことができたのである。

日本を「戦争」へと駆りたてた、「暗い呪詛の旋律」を、日本浪曼派的なアイロニーから切断した上で、宿命的な調べにまで高めた吉本の自己表現と、精神的に深々と戦争にコミットした、彼の思想的、存在論的な自己責任の「倫理」が、一つに溶け合ったとき、「神から追われること」を恐れず、むしろ「鞭の痛み」を望む「精神の被虐者」の抒情は、最も美しく鳴り響くことになったのだ。

その「抒情」の「論理」が、外部の論敵への攻撃に向けられたとき、日本的ルサンチマンの悪しき典型にとどまったかも知れない吉本の「暗い呪詛の旋律」は、戦後的な秩序への破壊的な効果を伴って、六〇年安保世代から全共闘世代に至る広範な読者を、その言説の磁場に引き込みつつ、逆説的に社会化しはじめたのである。

その吉本が丸山真男にぶつけた敗戦時の日本の大衆像には、掛け値なしにあるリアリティがあった。帝国「臣民」の戦争への加担を不問に付すために、この戦後民主主義の旗手＝貴種の立ち上げた「偽史」、八・一五の敗戦を契機に日本「国民」が突如「自由なる主体」になったという苦しまぎれの「虚構」にも増して。吉本はこう語る。

戦争で疲労し、うちのめされた日本の大衆は、支配層の敗残を眼の当たりにして、食うに食物がなく、家もなくなった状態で、何をするだろうか？　暴動によって支配層をうちのめして、みずからの力で立つだろうか？／あるいは天皇、支配層の「終戦」を「敗戦」にまで転化するだろうか？／しかし、日本の大衆はこのいずれのみちもえらばず、まったく意外な（ほんとうは意外でもなんでもないかもしれぬが）道をたどったのである。大衆は天皇の「終戦」宣言をうなだれて、あるいは嬉しそうにきき、兵士たちは、米軍から無抵抗に武装解除されて、三三五五、あるいは集団で、あれはてた郷土へかえっていった。よほどふて腐れたものでないかぎりは、背中にありったけの軍食糧や衣料をつめこんだ荷作りをかついで！／丸山的にいわせれば、解放された「御殿女中」はこういうものであろうか？／日本の大衆は、ここにどんな本質をしめしたのだろうか？／わたしたちは、このとき絶望的な大衆のイメージをみたのであり、そのイメージをどう理解するかは、戦後のすべてにかかわりをもったはずである。残念なことに丸山真男の戦後の思想からはそれをきくことができない。／わたしたちは、敗戦時の大衆の絶望的なイメージのなかに、日本的な「無為」の何であるかをみたはずである。大衆は怒るかわりに、すべてはおためごかしではないか、という皮肉と支配者拒否の様式をかいまみせた。たとえ戦争権力と反対の、どんなシンボルをもってきても、この大衆の不信をゆりうごかすことができないことは明瞭であった。

——『丸山真男論』

日本の大衆が、「支配者拒否の様式」をかいまみせたのではなく、旧権力を無情に見限って、「アメリカ」という新たな支配者に破廉恥になびいたことへの洞察の欠如——彼は戦後日本を覆う「アメリカの影」にかなり鈍感な思想家であった——はともかくとして、吉本のこの大衆認識には、本土決戦を覚悟して無惨にはぐらかされた戦中派・特攻隊世代の、苦い「体験」が刻み込まれていた。それに対し、丸山の方法[9]では、「植民地侵略」に積極的な役割を果たした大衆の戦争加担の問題が、不問に付されるしかないのだ。

少なくとも、この吉本の大衆像には、「暗い呪詛の旋律」から離脱し、戦後に過剰適応した戦争の主体的担い手たち（「国民」に成り上がった天皇の「臣民」）のしたたかさが映し出されている。そこには「戦後民主主義」神話を不動のものにした、「八・一五革命説」こそ、「おためごかし」の最たるものではなかったのかという無言の批判が内包されていた。これは、アカデミズムの世界に特化された専門家の盲点を突いた、知的「アマチュア」（E・W・サイード）による社会批判の文脈として突出していたと言えよう。

戦後思想史における吉本隆明のカウンターパート江藤淳も、六〇年安保の時点で、早くもその虚偽の本質に迫っていた例外的な存在だった。八・一五を絶対化する丸山的「戦後民主主義」に対して、江藤は戦争の緊張から解放されたあとの虚脱の中で停滞し、その虚脱を合理化した「〝戦後〟知識人の破産」を宣告したのである(一九六〇年)。

一九五六年の出世作『夏目漱石』以来、批評的散文精神の新生を印象づけた江藤淳もまた、あの「暗い呪詛の旋律」を内面に潜ませた戦後派だった。それはこの批評家が十九歳の年に書いた詩的散文『フロラ・フロラアヌと少年の物語』に歴然としている。典型的に冷戦期の批評家だった吉本隆明と江藤淳――だが、両者の資質的な〈病〉が、反復強迫のように、「戦後民主主義」神話への破壊的言説を逆方向から投げかけているうちに、日本の「戦後」は、黄金の六〇年代とともに確実に黄昏ていった。

4章

アジアから母型へ

●〈アジア的〉なるものと日本

岡倉天心から竹内好まで、あるいは宮崎滔天から竹中労まで、日本近代史上アジアという表象に憑かれた思想家、行動家はあまた存在した。吉本隆明もその一人である。ここでは彼の「アジア的ということ」をめぐる八〇年代の考察を、検討してみることにしよう。

思想家としての自らの死活問題として、六〇年代の反体制過激思想（右であれ左であれ）の終焉を自明の前提に、七〇年代以降の「大衆の時代」の方へ大きく舵を切った吉本が、アジアを問題にする必然は何処にあったのか。そこには、遠く近代以前からそれぞれの時代の支配的な社会制度や思潮が移り替わっても、本質的に不変なるものとしてある日本的「大衆」を、改めて歴史的に位置づけてみようとする思想的なモチーフが貫かれていた。

転向論、文学者の戦争責任論を皮切りに、日本共産党批判、戦後民主主義批判に大鉈を振った吉本隆明は、六〇年安保闘争後、より原理的な仕事に着手することになる。四〇歳代のはじめの一九六〇年代半ばから、七〇年代の初頭にかけてまとめられた、『言語にとって美とはなにか』『共同幻想論』『心的現象論』の三部作がそれである。

飢えから解放された戦後日本における大衆の動向、その「欲望」の肯定という吉本の不動の思想基軸とは別に、八〇年代に入ってからの吉本は、より高度な次元で共同幻想と個体の心的現象の双方向的な通気孔として、〈アジア的〉な原理を問い直し始める。その延長で彼は、自らの資質的〈病〉の根深さを確認し、「最後の吉本隆明」を演じながら、「母型」という起源への回帰によって見果てぬ〈癒し〉を求めているかのようであった。

おそらく吉本は、前記三部作の生成過程において、「世界思想」のどこにも位置づけ不可能な自身の思想体系の孤独さに戸惑い、あるいは苛立ち、その原理（論）的思考の根底を支える非西欧的な知の拠り所を、世界史の発展段階に〝特異なる普遍性〟として現れる〈アジア的〉[1]段階の意味に立ち帰って再考する必要を感じたのではなかっただろうか。その最初の問いは、例えば次のようなぎこちない形で発せられていた。

個々の人間の観念が、圧倒的に優勢な共同観念から、強制的に滲入され混和してしまうという、わが国に固有な宿業のようにさえみえる精神の現象は、どう理解されるべきか、〔略〕／この問題は、一見すると観念の〈未開〉性一般のなかに解消するようにおもわれるし、また、マルクスのいわゆる〈アジア〉的というカテゴリーに、包括されるようにもみえる。もちろんこの問題は東洋学者、ウィットフォーゲルが、わが国を除外例としたところのものである。

——「全著作集のための序」、『共同幻想論』（傍点は原文）

ドイツに生まれ、一九三〇年代にアメリカに亡命した東洋学者ウィットフォーゲル（因みに彼は、ホルクハイマーらと同世代の「フランクフルト学派」の一員であった）が、日本を〈アジア〉的という概念からの除外例とした最大の理由は、中国の「周辺」にある朝鮮と違い、日本が地勢的にその「亜周辺」に位置していたからである。その観点から彼は、日本の非アジア的な「封建制」を説明するのだ[2]（『オリエンタル・デスポティズム』）。

吉本隆明は、日本を「アジア的な生産様式」の除外例としたウィットフォーゲルの分析を、「わが初期国家の在り方を単純化」するものだとしてこう反駁している。

わが初期国家の専制的首長たちは、大規模な灌漑工事や、運河の開削工事をやる代りに、共同観念に属するすべてのものに、大規模で複合された〈観念の運河〉を掘りすすめざるを得なかった。その〈観念の運河〉は、錯綜していて、〈法〉的国家へゆく通路と、〈政治〉的国家へゆく通路と、〈宗教〉的イデオロギーへゆく通路と、〈経済〉的な収奪への通路とは、よほど巧くたどらなければ、つながらなかった。〈名目〉や〈象徴〉としての権力と、じっさいの政治権力と、〈宗教〉的なイデオロギーの強制力とは、別個のものであるかのように装置されていて、よほど、秘された通路に精通しないかぎり、迷路に陥こむように構成された。そこには、現実の〈アジア〉的特性は存在しないかのようにみえるが、共同幻想の〈アジア〉的特性は存在したのだ、と……。／もしも、共同的な観念に属する遺制は不可視であるため、かえって拭い去るわけにいかないとすれば、わたしたちの共同観念の内部には、いまも前古代的〈幻のアジア〉が住みついているかもしれないし、それはわが現在の国家の〈現実の非アジア〉と照応するものかもしれないのである。

——同

●世界認識の視野からの問い直し

〈観念の運河〉とはいかにもこの詩人らしい比喩ではあるが、いずれにせよここに、〈アジア的〉を思想課題として背負った吉本が、『共同幻想論』を構想するに至った動機が解き明かされている。つまり彼はここから、〈幻のアジア〉と〈現実の非アジア〉を繋ぐ糸を手繰り寄せるように、国家をめぐる「共同幻想」の始源に遡る理論的実践に着手したのだ。

やがて七〇年代から八〇年代にかけての『南島論』、そして『良寛』に至って、吉本の〈アジア的〉なるものの輪郭は、漸く明瞭にその姿を顕わすことになる。これは『共同幻想論』にはなかった視点だが、七〇年代以降の吉本は、世界認識の視野のなかで「〈アジア的〉な古典思想」とは何かを問い直しはじめるのである。すると〈幻のアジア〉と〈現実の非アジア〉を繋ぐ糸として、具体的に見えてくるものがあった。例えば国家権力の〈アジア的〉編制を、その制度的な特徴として捉えるとどうなるのか。

〈アジア的〉な制度の特徴は、政治的な権力が制度を敷くばあい、はじめからおわりまで、宗教から法律の末端にいたるまで、全部じぶんたちの考え方で制度を組み替えようなどとしないことです。まえからあった共同体の制度を、できるだけそのままに温存して、そのうえに乗っかって政治権力を行使します。つまり既成の制度や習慣や文物にできるだけ手をくわえないのです。手をくわえないでそのうえに支配的な共同体をうわ乗せするのです。いわばまえからあった共同体の頭の部分だけを組織して掠めるのです。それが〈アジア的〉という制度の概念の世界史的特徴です。

——『良寛』

例えば古代大和朝廷の国家編制では、それ以前にあった共同体の政治や宗教の制度をそのまま温存して、そのうえに権力を乗せるという方法を取りつつ、経済的には貢納制を敷くことになったと吉本は概括する。だがそうした〈アジア的〉な国家‐社会の構造が、律令国家体制を経て、日本独自の封建制に帰結したとするなら、それを可能にしたものこそ、ウィットフォーゲルの規定した中国の「亜周辺」としての日本の地勢的条件ではなかったのか[3]。鎌倉、江戸における長期の武家政権が、京都の朝廷のさらなる「亜周辺」にあった東国の地の利を存分に活かした、武士による武士の為の「封建制」であったことは言うまでもなく。

だが良くも悪しくも吉本思想のユニークさは、そうした理論的な整合性の追究にはなかったのだ。例えばそれは、次のような展開に歴然と現れている。それは右の国家編制と制度的な特徴が、「日本の出家隠遁の思想」と如何にかかわりがあるかについて述べた部分である。吉本は改めてそれを、「〈アジア的〉な古典思想」として、以下のように定義する。彼の〈アジア的〉が、「世界認識」の視野を標榜しつつ、外に向かって開かれる(例えばウィットフォーゲルを否定的媒介にして)のではなく、それとは逆に特殊日本的に内向してゆくのはこの時なのだ。

どんな制度の思想が支配しても、たいして変りばえしないはずだという強固な認識はなぜでてくるか。思想が制度にぶつかるまえに、山川草木にぶつかり、そこに関心がとどまってしまうだけの充分な感性の距離をもってしまう根拠はここにあります。中世ヨーロッパでは、特別に僧院のなかに籠った特殊な僧侶とか、特異な自然詩人のうちにしか成り立たない制度的な〈無〉の思想ですが、日本の〈アジア的〉な社会では、自然と遊ぶ隠遁思想が制度的な裾野をもってきました。制度にたいする考察などしないでも、なぜか〈自然〉思想が成り立ったのです。文学、詩歌のたぐいが人間臭さにぶつからず、自然のなかにじぶんをうつしいれることで成り立ち、政治制度の思想は〈天〉の秩序にかかとを接して権力のピラミッドをこしらえたのです。これが感性的につかまれた〈アジア的〉という制度の概念です。
——『良寛』

良寛という江戸後期の禅僧・歌人の脱俗のかたちを見極めるために、吉本は日本の出家隠遁の思想に刻印された〈アジア的〉なるもののエッセンスを、このように絞り込んでいった。そうすると、支配的な上層の共同体がいくら代わっても、その底辺で太古から受け継がれている宗教や制度や民俗のようなものは保存されるという、制度的な特徴の根に突き当たる。吉本はここから、天皇家に伝承された秘儀的な習俗と、南島沖縄の民俗的遺制を摺り合わせて、共同幻想としての天皇制の相対化を試みようとする（『南島論』）。

良寛論にあっては、支配共同体の変遷に左右されない根の部分における「感性の距離」、つまり共同体の下層にある伝統的感性の独自の遠近法が、〈アジア的〉な古典思想、日本的「隠遁思想」の提起する根本モチーフとして取り出される。

「思想が制度にぶつかるまえに、山川草木にぶつかり、そこに関心がとどまってしまうだけの充分な感性の距離」——それこそまさに日本的な「隠遁思想」の形成を促し、あるいは「一木一草に天皇制がある」（竹内好）ということの、〈アジア的〉な根拠だったのかも知れない。だが八〇年代以降の吉本のアプローチは、そこに留まりはしなかった。

●ソヴィエト・ロシアの偏向

吉本は「世界認識」の視野の中で〈アジア的〉を洗い直すために、改めてマルクスを召喚する。さらに九〇年代後半の『母型論』から『アフリカ的段階について——史観の拡張』では、古代以前の時間を象徴する〈アジア的〉から、近未来を透視する概念への理論的跳躍を試みることになる。「世界認識」の内向化の極致として。因みに、九八年の著作のタイトルにもなったアフリカ的というのは、ヘーゲルが世界史の枠外においた段階概念である。吉本はアジア的からさらに遡行し、プレ・アジア的とも呼ばれるこの「世界史」に位置づけ不可能な前－歴史的な「過去」を、脱－歴史的な「未来」に繋がる唯一の表象＝世界像として掘り起こしたのだ。

だが、その前に論じなければならないのは、八〇年代にはじまる〈アジア的〉概念のマルクスによる捉え直しである。吉本は例えばそれを、マルクスのこんな言葉から手繰り寄せている。

イギリスがヒンドスタンに社会革命をひきおこすにあたって低劣きわまる利益にのみ動

かされ、しかもこれらの利益を追求するやりくちも間の抜けたものであったことはたしかである。しかし、それは問題ではない。問題はむしろ、人類はアジアの社会状態における基本的な革命なしにその使命を果たしうるかどうか、である。この使命をはたすことができないとすれば、イギリスは、その犯罪がいかなるものであったにせよ、この革命の招来にさいしては歴史の無意識の道具にすぎなかったのである。

——「インドにおけるイギリスの支配」、引用は吉本「情況への発言——アジア的ということ——」、『試行』No. 54より

イギリスは優越した征服者の最初のものであり、したがってヒンズー文明に影響されない最初の征服者であった。イギリス人は、土着の共同体を破砕し、土着工業(毛織物工業のこと——吉本註)を根こそぎ一掃し、そして土着社会における偉大であり高貴でもあるもののすべてを平準化することによって、ヒンズー文明を破壊した。イギリス人のインド支配の歴史の各ページは、この破壊のほかにほとんどなにものをも語っていない。

——「イギリスのインド支配の将来の結果」、同

吉本がこうしたマルクスの歴史認識をもとに展望するのは、「世界革命」からの遅れを決定づけられた、アジア的段階の、いわば世界史的な意義といったものであった。

アジア的または古代的な文明は、それが偉大で高貴であればあるほど、その後の展開を阻害し停頓せしめるものであったこと。一般にアジア的または古代的な文化は偉大で高貴であればあるほど「近代化」という概念における歴史の展開にたいして拒絶的であること。これらのすべての結論こそが問題なだけである。

——同

吉本はここから、マルクスがインドについて提起した問題に沿って、レーニン以後のロシアにおける、「アジア的な遺構」の課題に歩をすすめる（「アジア的ということ（2）」）。共産党の一党独裁体制に収斂した革命ロシアを、吉本はマルクス主義の理念をもった、ひとにぎりの前衛集団による〈アジア的専制〉の改訂版とみなすのである。

ロシア社会民主労働党内の多数派、ボルシェヴィキの領袖レーニンを捉えた本質的な課題とは何だったのか。それは〈アジア的〉な社会と、〈アジア専制的〉な国家において、コンミューン型の国家への移行がどのようにして可能かという課題であったと吉本は考える。

ここでのコンミューン型国家とは、マルクスが理論的に想定した、国家の死滅、脱−国家的共産主義社会にむかって開かれた、過渡期の国家（あるいは「反」国家）のことである。その転換のための過渡的条件が、生産手段の社会化を正当化し、プロレタリアートの革命的独裁という非常事態を必然化するのだ。

しかし、レーニン達が実現したのは、〈生産手段の国家権力による強制収容〉にすぎなかったと吉本は結論づける。問題はそのロシア型ボルシェヴィズムの急進化の過程と、「アジア的な遺構」との関係である。

〈アジア〉的な『社会』は、農耕共同体の共同体的所有の様式において、またプロレタリアートと農民階級の集団的な感性の構造において、もっともコンミューン型の社会的所有の形成を支えるに好都合なようにおもえる。また一方で〈アジア的専制〉型の『国家』は、コンミューン型の国家の形成にとってもっとも遠い、対極的な構造をもつもののようにおもえる。ひとりの専制的な君主のかわりに、少数の大衆とかけはなれた距離におかれた専制的集団をつくりだすということになりやすいからである。／レーニンはこのロシア社会の〈アジア的〉な遺構、またロシアの〈アジア的〉な専制の遺物についての認識をまったく無視することにきめていた。——「情況への発言——アジア的ということ（2）——」、『試行』No.55

ここで吉本が述べていることは重要である。それはロシア革命のはるか後年、中ソ論争という一九五〇年代の中国とソ連との間に起こった、歴史的理論闘争の淵源にあった問題だったからだ。この資本主義的後進国における革命と、革命後の国家編制にかかわる権力問題が、中国の「文化大革命」を経て、最終的には一九八九年のベルリンの壁崩壊から、ソヴィエト・ロシアの解体への致命的引き金ともなっていったのだ[4]。

一体、レーニンたちロシア革命の急進的前衛が、極東ロシアにも中央ロシアにも根強く残る「アジア的遺構」を棚上げにして、ヨーロッパ・ロシアを志向し、権力の亡者と化したのはなぜだろうか？　穿った見方をするなら、それは「アジア的遺構」からの歴史的離脱を標榜し、ペテルブルグ（後のロシア革命の中心地レニングラード）を建設した欧化主義者・ピョートル大帝以来のロシア的伝統だったのかも知れない[5]。

ところでレーニンの背後に、そうした〈アジア的〉な専制の遺構の痕跡を嗅ぎ当て、同時にそこにロシア的な「近代の超克」を重ね合わせたのは、「大衆」と「プロレタリアート」という二つの〝動く影たち〟に包囲され、「将来に対するぼんやりした不安」にさいなまれた晩年の芥川龍之介であった。

——だれよりも十戒を守った君は
だれよりも十戒を破った君だ。
だれよりも民衆を愛した君は
だれよりも民衆を軽蔑した君だ。

だれよりも理想に燃え上がった君は
だれよりも現実を知っていた君だ。
君は僕らの東洋が生んだ
草花の匂いのする電気機関車だ。――

――「或る阿呆の一生」

吉本が呼び込もうとしたのは、この「草花の匂い」（＝前近代）と「電気機関車」（＝近代）の統合と乖離との絶対矛盾に止めを刺す論理であり、そのための〈アジア的〉という理念的な階梯であった。ここから吉本のエンゲルスを経由して、ソヴィエト・ロシア流に歪められた「マルクス主義」への批判が開始される。

ひとまず彼は、「プロレタリアートの革命的独裁」（マルクス『ゴータ綱領批判』）という概念を、そのロシア的歪曲から救い出そうと試みる。『国家と革命』でのレーニンは、アジア的な専制の遺構と心性を引きずったまま、〈統制〉を自己目的化したにすぎないと批判されるのだ。「或る阿呆の一生」の断章で芥川が嗅ぎ当てた「草花の匂い」は、したがってレーニンが「国家」と「社会」の側から引きずった、「アジア的な遺構」の残滓そのものだったことになる。

●プロレタリアートは歴史的な虚像か――

だが今日から見れば、プロレタリアートの革命的独裁なる概念自体が、共産主義的専制国家体制を、理論的に正当化したという言い方も可能であろう。

確かにこの概念は、吉本の言うとおり、「プロレタリアート」の主導による全大衆のための近代的民族国家の解体、すなわちネーション・ステートのコンミューン型国家への速やかな移行以外の、何ものも意味してはいなかった[6]。

ただし、マルクスがこの概念を持ち出した一九世紀の半ば、アジアはもちろん先進的ヨーロッパ世界でさえ、近代的民族国家の解体などという差し迫った状況にはなかったこともまた事実である。例えば一八四八年、革命情勢下のオーストリアの現状はどうであったか。

そこには、社会的な発展段階に条件づけられた、革命の歴史的難関がすでに露呈していた。すなわち、マルクスにとっての究極の革命を意味する「社会革命」(=世界革命)が、当面、ネーション(民族国家)を単位とする「政治革命」に限定されざるを得ないという、歴史的な絶対条件がである。

するとプロレタリアートという概念自体に、あらかじめ「世界革命」と、ナショナルな「一国革命」の歴史的分裂が、痛ましく刻印されていたことになりはしないか。プロレタリアートに祖国はない（マルクス）どころではない、まずもってそれは「民族的」でなければ、身動きのとれぬ歴史的な虚像に転落するしかなかったのである。

『青きドナウの乱痴気―ウィーン１８４８年―』の著者・良知力によれば、一八四八年三月から十月にかけてのウィーン革命とその敗北には、ハンガリーの独立運動とその挫折が重なり合っていた（「革命史における言葉の虚像について」、『思想』一九八二年五月号）。

民族国家としてのハンガリーを待望したのは、アジア系のマジャール人であった。その独立とは、ハプスブルク王制に対するナショナルな「一国革命」を意味したと良知は語る。だがその前提条件には、ハンガリーというアジアからの新参者が、「ドイツ国民」との連帯を政治的に喚起しながら、すでにヨーロッパ的な世界史の一翼を担っているという歴史の「虚構」が必要であったのだ。

そしてもし、ハンガリーがアジア系マジャール人の純粋な「民族国家」として独立するなら、その内部の異民族スラブ人は、政治的権利も民族的アイデンティティも奪われたマイノリティとして固定化される他なかったのである。実際、一八四八年の革命史に彼ら南スラブの民は、赤マントの反革命暴徒（＝ルンペンプロレタリアート）として登場する。

これを告発するマルクスは、当時『新ライン新聞』に、「武装し金で雇われたルンペンプロレタリアートが、労働し思考するプロレタリアートに立ち向かったのだ」と、露骨に差別的な表現で論評した。良知力はこのマルクスの批判に、ユニバーサルな「世界革命」（と言ってもこの時点ではヨーロッパに限定されたものだが）と、ナショナルな「一国革命」の矛盾的表象であるプロレタリアこそが「虚像である」と答えている。

もとより、プロレタリアートを歴史的実態概念として把握しようとするなら、それはどこまでも虚像でしかない[7]。だがここには、プロレタリアートの革命的独裁をめぐる果てしない議論の盲点が、図らずも浮き彫りにされていた。

吉本隆明の〈アジア的〉概念の洗い直しが、思想的実践性に欠けるのは、それが裏返されたロシア革命中心史観に毒され、多様な歴史的パースペクティブを結果的に排除してしまうからに他ならない。

そして、「アジア的遺構」の隠蔽に遠因する、「世界（同時）革命」か「一国社会主義」かをめぐっての、トロツキーとスターリンによるレーニン後の党内主導権争いの背後には、革命の永続化（＝永続革命）という、ある種の強迫観念が働いていたことは明かであった。それもまた、マルクスがばらまいた種ではあったのだが。

革命概念を国家と資本の揚棄にまで敷衍（＝永続化）したのは、マルクス自身である。だがその「永続革命論」は、一八四八年革命の挫折を受けた理論的反転、政治的急進主義を清算したマルクスの、ブルジョア国家ないしは資本制社会内部への理論的再進撃でもあったのだ。

ところで、これがトロツキーの「永続革命論」になると、ロシア的な特殊条件の肯定の上に立った、一党独裁による政治権力の永久独占の論理にすり替えられる。革命の永続化による権力の維持という強迫観念が、社会経済的条件が未成熟であるにもかかわらず、経済の発展段階を飛び越して、プロレタリア独裁＝革命にまで至らねばならぬという異様な尖鋭思想[8]を生んだのだ。その最終的勝利である世界革命の成就のために、革命の執行機関である「ソヴィエト」は、党と国家を呑み込んだ半永久権力として正当化されることになるのである。

吉本言うところの、国家の死滅にむかって開かれた「反」国家＝コンミューン型国家の理想は、スターリン以前に、レーニンの正統なる後継者であるべきトロツキーによってあらかじめ裏切られ、放棄されていたのである。そして冷戦終結以降、吉本によって、社会主義の停滞、錯誤、その正当化の頽廃から脱出する鍵でもあるとされた、〈アジア的〉という世界史的な概念の解明と深化という八〇年代的課題は、文字通り歴史的使命を終えた。

●文明の外在史と精神の内在史

〈幻のアジア〉と〈現実の非アジア〉を繋ぐ糸を求めて、吉本の思想はさらに孤独に、内向化の度を強めてゆくしかなかった。否定しがたいのは、アジア的からアフリカ的への「史観の拡張」、「母型」という起源への遡行によって、吉本の戦後初期にあった日本の「封建遺制」への制度的解明を、戦闘的政治性に繋ぐ回路が消失したという事実である。

ソヴィエト・ロシア崩壊後の現在、吉本が固執する〈アジア的〉の概念は、どのように変奏されるに至ったのか。人類史的パースペクティブでは「アジア的」から「アフリカ的」[9]段階への遡行、精神医学、民族・言語論の分野では「母型（母胎）」という起源に回帰していった「最後の吉本隆明」の思想的到達点を、できる限り精確に照らし出しておく必要がある。吉本の資質的〈病〉は果たしてそこに、最終的な〈癒し〉の場を発見し得たのであろうか。

まずは古稀を過ぎた吉本隆明が、九〇年代後半にかけて、「アフリカ的段階」という理論仮説を導入するに至った動機を見てみよう。

十九世紀の前半ごろから西欧社会でかんがえられた近代主義的な歴史観では、近代主義的な視野の外に出てしまう未来と、近代主義的な視野の外に出てしまう大過去とは、おなじように、不明の領域として歴史の圏外におかれてしまう。一方は文明の見透しえない未来として、また一方は動物生に等しい考察するに値しない野蛮な過去として。そして進歩と退化とは文明についてのみ語られることになる。理念としての進歩と保守もまたおなじだ。／この論考にとっては、「アフリカ的段階」を人類史のいちばん多様な可能性をもつ母型（母胎）として掘り下げ、この掘り下げの方法は同時に歴史の未来にとって最大の射程をもつものとみなすことになった。そのために歴史は一般的に文明の外在史と精神の内在史との矛盾のもとにあることが、普遍的な通則であり、そしてこの通則を原動力として進歩と掘り下げを同時に実現してゆくものだとかんがえられている。

――「序」、『アフリカ的段階について』

ここに吉本が、「アジア的」からさらに遡行し、「アフリカ的」段階を、近代主義的な遠近法の外部から呼び込もうとした筋道が明らかにされている。しかし、これを吉本流の（西欧）「近代の超克」のプログラムと解釈するのは短絡であろう。何故なら彼は、単に「近代」の外へ出ようとして、「アジア的」や「アフリカ的」といった表象を、偽史的な歴史ロマンティシズムによって喚起しているわけではないからだ。「近代の超克」――それは、「東洋が近代ヨーロッパを超克し得る唯一の残された道」を、法華経の実践者にして研究者である宮沢賢治から学ぼうと足掻いていた（「宮沢賢治の倫理について」参照、『初期ノート』所収）吉本の、たかだか戦時期に限定された未熟なイデオロギーに過ぎなかったのだ。

吉本がここで、人類史のいちばん多様な可能性をもつ「母型」（母胎）として掘り起こそうとしているのは、そうした文明の外在史から疎外された表象ではなく、記紀神話の初期とも、また自分自身の精神の内在史とも交差する、遡行的「原型」だった。

それは彼の言葉の初源が、その〈病〉の初源にぶつかる危機的な場所と同じ位相にあった。言い換えれば、「アフリカ的」（＝プレ・アジア的）な段階とは、「人間が天然や自然の本性のところまで下りてゆくことができる深層」（「アフリカ的段階について（I）」）であり、吉本はこのヘーゲルによって見出されたネガティブな歴史概念を、否定神学的に普遍化させることで、自らの資質的〈病〉が、人類史の起源としての〈病〉に重なる場所まで遡り、そこを「母型」という治癒される場所への不可避の回路と見定めたのだ。

ヘーゲルが野蛮、未開、人間らしさのない残虐な世界とみた旧世界の裏についた深層は、自然の植物と一体にまみれ、交感することのできた段階の豊饒な感性に充ちている。これはヘーゲルが旧世界として世界史の成立から除外してみせたものが内側にもっている充ち溢れた感性をしめしている。アフリカ的段階の謎を解くひとつの鍵だともいえる。外在的な野蛮、未開、無倫理の残虐と、内在的な人間の母型の情念が豊饒に溢れた感性や情操の世界とは、たぶんおなじなのだ。

——「アフリカ的段階について（Ⅱ）」、『アフリカ的段階』

文明の外在史としての「アフリカ的段階」が、「母型」という精神の内在史と交差するという大胆な仮説。吉本はこの段階概念によって、「自然と人間とがおなじレベルで区別できずに融合しているプレ・アジア的な認識」（同）を手にし、この「人類の原型」によって、未来を方向づける世界的普遍性への離陸が可能になると考えたのだ。

ところで、『共同幻想論』以来の吉本による「超越的幻想」（ヘーゲル）の世界史的な帰着点へ向けたここでの理論的な飛躍は、近代主義的な歴史の発展段階説を最終的に解体し得なかった「マルクス主義」の超克という、野心的な展望を含みもっていた。もとより吉本隆明は、単純な反‐近代主義者ではない。「アフリカ的段階」とは、「超越的幻想」の歴史的段階設定であると同時に、遡行的に歴史批判の文脈を形成するための「否定神学」（文明の外在史と精神の内在史との矛盾の象徴としての）でもあったのだ。吉本が必然的に導かれてゆく、こうした「初源」への遡行には、どうやら彼の無意識領域を規定する資質的な〈病〉が関与していたらしい。

吉本の思想的資質は、偏執症的であり、かつ分裂症的でもあるという屈折した二面性をもっていた。彼自身の精神の内在史に深く刻印された〈病〉の痕跡が、その普遍化を自省的に促しつつ、同時にその初源の場所への回帰を無意識に欲望するのは、このアンビヴァレントな捩れのためである。しかもそれは、吉本の初期の詩的散文に表れた「暗い呪詛の旋律」――〈おまえは此の世に生きられない　おまえはあんまり暗い〉――の反復強迫と、不可分の関係にあった。「プレ・アジア的」な世界への遡行で、彼はその暗さの本質に運命的に出逢うことになるだろう。

『アフリカ的段階について』の前哨をなす『母型論』には、この初源への回帰願望が、より鮮明に反映していた。「母型」という起源の概念に憑かれた吉本隆明の無意識は、明らかにその資質的な〈病〉の初源への回帰を欲望していた。だがそこは、〈病〉が癒される場所というより、その不治が理論的に必然化される場所だったのかも知れない。

●内コミュニケーションの世界へ

吉本は『母型論』の「序」で、次のように語っている。

おまえは何をしようとして、どこで行きどまっているかと問われたら、ひとつだけ言葉にできるほど了解していることがある。わたしがじぶんの認識の段階を、現在よりももっと開いていこうしている文化と文明のさまざまな姿は、段階からの上方への離脱が同時に下方への離脱と同一になっている方法でなくてはならないということだ。／わたしがいまじぶんの認識の段階をアジア的な帯域に設定したと仮定する。するとわたしが西欧的な認識を得ようとすることは、同時にアフリカ的な認識を得ようとする方法と同一になっていなければならない。またわたしがじぶんの認識の段階を西欧的な帯域に設定しているとすれば、超現代的な世界認識へ向う方法は、同時にアジア的な認識を獲得することと同じことを意味する方法でなくてはならない。どうしてその方法が獲得されうるのかは、じぶんの認識の段階からの離脱と解体の普遍性の感覚によって察知されるといっておくより仕方がない。わたしはじぶんが西欧的かアジア的かアフリカ的かについて選択的である論議の不毛さに飽き飽きしているし、現状で理解できる表面の共通性で、国際的という概念の範囲を定めている国際的と称する認識にも同調する気はまったくない。そこでわたしがやったのは、じぶんの好奇心の中心に安堵できる段階からの離脱と解体の普遍性の感覚を据え、孤独な手探りにも似た道をたどることだった。

吉本は後にも先にも、これほど率直に自らの「方法」を語ったことはなかった。彼はここから、柳田国男の晩年の著作『海上の道』を引き合いに、「イメージで造成された世界観」を、「じぶんの自閉的な資質にふさわしいやり方」（同）で引き寄せ、いつか柳田が『海上の道』で示したのとおなじような主題にとりついてみたいという夢を語っている。そのための吉本の方法、すなわち「母型」という起源から、言語、性、種族、精神病理、民族語の全てを洗い直してみることは、彼自身の〈病〉の初源に向けて、自らの精神の内在史を、孤独な手探りで遡行することを意味したはずであった。

『母型論』は九〇年代初頭から断続的に書き継がれた論考（刊行は九五年）だが、その構想はおそらく八〇年代から温められていた。『心的現象論』（『試行』連載）の大詰め、「原了解以前」（「了解論95」〜）で、吉本がはじめて「母型」という概念について語ったのは、一九八七年（『試行』第六七号）のことである。

吉本がここで問題にしたのは、胎児期における「母と子の原エディプスな関係」についてである。つまり彼は動物生としての人間の母と子の関係を、本格的にたどりはじめたのだ。具体的に胎児と母親とのコミュニケーションを、「原了解以前」の出来事としてたどるのに、吉本に決定的な影響を与えたのは、T・バーニー（『胎児は見ている』小林登訳）と、三木成夫（『胎児の世界』）の二人である。

バーニーから吉本は、父－母－子のエディプス三角形の問題を、胎児期に圧縮された母－子関係に還元することで、欲望、性、愛情、エロスにまつわる正常と異常の精神病理現象の「母型」的起源を抽出する決定的ヒントを得た。

また三木からは、胎児と母親の「内コミュニケーション」という、前－言語的関係から、（精神）異常の「原型」を抽出する手掛かりを得たのだった。後に吉本は、「精神分裂病は内コミュニケーションの異常」であると断言するようになる（『詩人・評論家・作家のための言語論』）。

内コミュニケーションとは、考想察知、超感覚、思い込み、早合点、誤解、妄想、作為体験などに開かれているかわりに、母と子だけに閉じられた交通の世界のことだ。母胎のなかで羊水にかこまれ、母親から臍の緒をとおして栄養を補給される。いわば二重の密閉環境のなかで、生命維持の流れは母から子へじかにつながっている。外の環界の変化を感じて母親の感情が変化すると代謝に影響するため、母と子の内コミュニケーションは同体に変化する。母親が思い、感じたことはそのまま胎児にコミュニケートされ、胎児は母親とほとんど同じ思いを感じた状態になる。

——「母型論」、『母型論』

ただし吉本は、この「内コミュニケーション」という母－子の一体関係を、至福のイメージで染め上げようとしていたわけではない。これに続けて彼は、母の感情の流れの子への「転写」を問題にしている。その流れが停滞し、揺動が激しく拒否的だったりすることが長期化すると、子は後年、「病像としての妄想や幻覚を作る」ことになるのだと。

吉本の母－子関係の至福への夢は、むしろ『母型論』中のハイライト「大洋論」に顕現していた。その「大洋のイメージ」を結ぶために、F・ソシュールからJ・ラカンに至る西欧的な知の系譜では、意味形成の核をなす「父」の位置に、吉本は「母」を代入する。「大洋」とは、比喩的には「母音の波の拡がり」であることが示唆されているのだ。

ひと口に「神」の代りに擬人化され、命名されたすべての「自然」の事象と現象が登場し、「父」の代りに胎乳児に反映された「母」の存在が登場するところに、わたしたちの大洋のイメージがある。

——同

それは吉本隆明が柳田国男に倣って作り出した、「世界観を凝縮したイメージ」の中核にあるものだった。そこにあっては、ソシュール－ラカンによって、「シニフィアン」（記号表現）

の意味づけを拡大したとされる、「父」の世界のエディプス複合は、すっぽり括弧にくくられることになるのだ。

代わって、「「母」と（胎）乳児との関係から発生した心と感覚の錯合した前意味的な芽ばえをもった世界」が立ち現れることになる。この段階の母−子関係に対する吉本の執着には、分娩によって環境を転換（「内コミュニケーション」から「外コミュニケーション」へ）した乳児のなかに形成される心的な層を、未開・原始・アジア型の共同体のあり方と理論的に対応させたいというモチーフが、強力に絡んでいた。

そのために、吉本隆明はフロイトが「無意識」という精神世界の工房を想像的に発見したように、「母型」という起源的な世界のイメージを仮設したのだ。その精神の内在史の、文明の外在史との架け橋として、彼は未開、原始の心性の世界のイメージを具体的に語りはじめる。『アフリカ的段階について』で吉本が、チェロキー・インディアン出身のフォレスト・カーターの『リトル・トリー』を繰り返し引用するのは、そのために他ならない。

●「大洋論」の成立過程と「地獄の母型」

「大洋論」のアウトラインをもう少し絞り込んでおこう。吉本がこの概念をどこで手に入れたかを知るためにも、『心的現象論』を避けて通るわけにはいかない。間違いなくそれは、フロイトの『文化のなかの不安』（一九三〇年）にある、「大洋的感情」（ozeanisches Gefühl）から着想されたものだったのだ。

「了解論102」（『心的現象論』）で吉本は、フロイトとウィルヘルム・ライヒの関係を徹底的に洗い直している。ライヒは『ファシズムの大衆心理』などにおいて、フロイトの精神分析理論に、マルクス主義的社会批判の文脈を持ち込んだ学者として知られる。

文明の歴史を、例えば「病像の歴史」として捉えるときに問題になるのは、「エディプス複合にあるのではない」と語った吉本は、ライヒに即してさらにこう続ける。

誕生の前後にすでに殺害にひとしい心的な打撃をあたえられて、無意識が自己抹殺、遺恨、あきらめなどの形をとった「NO《ノオ》」をうけとったまま、表層だけの知性、本能をこわしてできた快楽、戦争などをこしらえてしまっている。ほんとをいえば、子宮のなかで胎児が安楽に成長し、誕生のときから母親の胸からたっぷりした授乳をうけるようにならないかぎり、ほかのどんな方法も、社会的な規模で人間が不当さから離脱する方法はない。ライヒはそこまで徹底的に言いつくしているとおもえる。[10]

——「了解論102」、『心的現象論』

このペシミズムを共有しつつ、それを反転させた「大洋論」を、独自の概念として語るところに、思想詩人・吉本隆明の真価があったと言うべきだろうか。しかし、真のペシミズムが、ライヒの側にではなく、実は「大洋」的感情を真っ向から否定した、フロイトの側にあったことを見逃してはなるまい。

「大洋的感情（ozeanisches Gefühl）――いわゆる信仰の源泉」からはじまる『文化のなかの不安』は、フロイトのライヒへの応答として書かれた著作だった。ライヒのフロイトへの不満は、この巨匠が「信仰心の真の源泉の価値を認めていない」という点にあった。

フロイトはこう反論する。「それは彼が「永遠性」（Ewigkeit）の感覚と名づけたいと思っている感情であり、ある絶対的なもの、無制限なもの、いわば「大洋的なもの」（Ozeanisches）についての感情なのである［略］私の尊敬する友人のことばは、彼自身がかつて幻想の魅力を詩的にたたえたことがあるだけに、すくなからず私を当惑させた。私自身はこの「大洋的」感情を自分のなかに発見することはできない」（『文化のなかの不安』吉田正己訳）と。

ライヒのフロイトへの不満の根幹にあった非ユダヤ人性、「かれの文体はトーマス・マン流の傷ついたドイツ文体」であったこと、「フロイトは、ほんとうはユダヤ人でありたいと思ってはいなかった」のではないかという推測は、おそらく当たっていよう。「いわばフロイトは、決して約束の地に達することのないモーゼでした」（M・ヒギンズ他編『宇宙・生命・エゴ――ライヒは語る』、引用は吉本「了解論102」から）という殺し文句もそうだ。だが、そこにこそライヒのような〝単眼〟と対照的なフロイトの複眼の秘密が隠されていたのだ。

決して約束の地に達することのない〝日本のモーゼ〟吉本隆明[11]は、だがフロイトではなく、ライヒに即して語ろうとするのだ。彼の「大洋論」着想の直接のヒントが、次のライヒの言葉にあったことは、もはや疑いない。

非常にはっきりとしていることは、〝大洋的感情〟つまり、あなたと〝春〟との間、そして〝神〟あるいは人々が〝神〟と呼ぶところのものと〝自然〟との間の合一の感情(feeling of unity)は、一切の宗教、一切の宗教的感情において、それが病的なものでなく、ゆがめられていないかぎり、きわめて基本的な要素です。

——『宇宙・生命・エゴ——ライヒは語る』、「了解論102」より引用

フロイトはそれを拒絶した。吉本隆明はそこから、「神」の代わりに擬人化され、命名された「自然」概念を投入し、「母」なるものとの間の合一の場所を、アンチ・エディプス的な「母型」の中核概念として、「大洋のイメージ」として理論的に確保したのだ。

さらにここから、フロイトの「死の本能」や「破壊の本能」、またライヒによって文化的な人為性を強調された憎悪、恐怖、殺害、死、混沌、病気(分裂病、鬱病)などが渦巻く、性格構成の「中間層」は、密接に「母型」の概念と対応づけられることになった。吉本はその理論的到達点を確かめるようにこう語る。

この地獄の層［ライヒの「中間層」］をくぐり抜けることは、この母親との関係と母親からの写像を未来への追憶としてくぐり抜けることに対応している。するとわたしたちはライヒのいう性格構成の地獄の中間層は、乳胎児期の無意識の核が形成する過程の課題に、転化させることができるとおもえる。もっといえばその時期の母親との関係と母親との関係の転写の問題に帰する。そして〈ここに地獄の母型がある！〉ということだ。

――「了解論105　原了解以前（11）」、『心的現象論』

こうして吉本は、「地獄の母型」へのもう一つの対応として、「アフリカ的段階」を、精神の内在史に交差する文明の外在史として取り上げ、未開、原始の心性の世界像を描出し、さらに〝遺伝子言語〟や〝ウィルス言語〟を駆使して、奈良朝以前の「民族語」（旧日本語）が、自然神としての「神」に対応していた時代の言葉の「母型」へと自在な遡行を試みさえするのだ。

吉本が回帰していった場所は、いわば「地獄の母型」が、「至福の母型」と等置されるような場所だったと言えよう。そこに改めてこの思想詩人の資質的な〈病〉を重ね、「抑圧されたものの回帰」（フロイト）としての「地獄の母型」が、さらにその起源にある〈無〉の場所を求めて遡行する様を思い描いてもよいだろう。至福の母型としての「大洋」は、そのような痛ましいエロスの飛躍を可能にする理論仮説だったのだ。

ところで、吉本の「大洋のイメージ」の形成には、出自にまつわるある不幸が体験的に介在していた。大正十三年（一九二四）春、吉本隆明がまだ母親の胎内にあったとき、造船所と製材所とを経営していた彼の父親は、第一次大戦後の不況を乗り切ることが出来ずに、一家を引き連れ九州天草から、「夜逃げ同然の体で、借金も家も放棄して東京に出てきた[12]」のだった。大洋的感情から見放された胎児のはじまりの言葉——

人びとの挙動を支配し、遠隔操作みたいに眼に視えない形で制御し、知らずしらずその通りにさせてしまう無声の声がある。それは「前の世」から聞こえてきて、無意識をおとずれるふうにやってくる。すると運命は自然とにた潜在力で人びとを動かしているとおもわれてくる。この世界のむこう岸に「前の世」という母型があり、人びとはこの母型からやってくる声に幼児みたいに暗示されて振る舞うのだ。

——「母型論」、『源氏物語論』

彼の「文学」はこのように、何時も高度に抽象された独白に近い言葉で、この不幸を反復強迫のように再現しているように思えてならない。孤独な手探りで、「至福の母型」の不可能に、寂しく行き着くために。

●前世の「声」への欲動とその抑圧

「母型」という起源への回帰の根底にあった吉本の欲動とは何か？　散文的論理の飛躍と転倒、混乱と倒錯を超克する詩的言語の普遍性、その原体験に絡みつく死のイメージをしばらく追ってみよう。

人間が、この世のむこう岸にある「前の世」という「母型」からくる「声」に、幼児のように暗示されて振舞う――『源氏物語論』（一九八二年）の第一部（「母型論」）で、吉本がそう抽象化して語った不可能な〈夢〉を、もう少し具象化してみたい。

その中で彼は、光源氏の父・桐壺帝に寵愛された余り、女御たちの反感と嫉妬に苛まれ、衰弱死する源氏の母、桐壺の更衣《こうい》の悲劇性の本源について語っていた。吉本によれば、「前の世」という不可避かつ不可逆の契機によって、長くはつづかない契りがあらかじめ定められていたことになる。この一見凡庸な仮説は、だが吉本の資質的な〈病〉に通ずる、決定的な転倒あるいは倒錯の回路に繋がっていた。彼がここで言っているのは、仏教的無常観や宿命論などとは、およそ別のことだったのである。

前世の約定がはじめにあり、その約定が無意識の世界に滲透して、じぶんの挙動をうながした。そのためにじぶんはあんな異常なほどはげしい行為をとった。そう思い入れている。これはじぶんの振舞いを反省し、弁解するために語られているのではない。登場人物の挙動を統御する名づけられない認識の装置として語られていることがわかる。 ――同

前世の約定が、このような形で、平安期の貴人の「無意識」を拘束することなど、吉本の「母型」という夢の理念型を媒介しない限りあり得ない。ここでの「前の世」の「前」とは、したがって吉本が「アフリカ的段階」を、「プレ・アジア的」と言い換えた際の「プレ」概念に相当する。

「この世界」の「むこう岸」にある、その未明の前意識段階（＝「母型」）からくる「無声の声」が、「無意識」という名づけられない認識装置を、不意におとずれ、人をその「声」の致命的抑圧の下に置いてしまう。あたかもそれが、資質的な〈病〉でもあるかのように。

「自然とにた潜在力で人びとを動かしている」という、吉本の転倒した認識の本質にあるもの――それは彼が、『心的現象論』でライヒに即して語ったこととも一脈通じていた。

問題はエディプス複合にあるのではなく、誕生の前後にすでに殺害に等しい心的な打撃をあたえられていたことに全てがあったのだと。さらに吉本は、子宮内で胎児が安楽に成長し、誕生後には母の胸からたっぷりした授乳をうけるようにならないかぎり、ほかのどんな方法も、社会的に人間が不当さから免れる方法はない、そうライヒは語っているに等しいのだと結論づ

ける。

無論それは、人間があらゆる社会性、人間性を放棄して、あらかじめ不可能な「至福の母型」に回帰すること、そこで「人間」ではなく、動物としての生命を、改めて育み直すことを意味するだけだ。

だが吉本は、「母親の胸からたっぷりした授乳をうける」ことを妨げられた乳児が、すべて殺害に等しい心的な打撃を受けるのだと、倒錯的な「地獄の母型」をことさらに想い描いてみせる。

そこまでライヒに即して語った彼は、勢いフロイト理論の軌道修正にも取りかからなければならなくなる。「性欲論」中の「対象の発見」で、フロイトは親たちの情があまりに深くありすぎることは、結果的に小児を甘やかせ、後年になって愛を一時的に棄てるとか、わずかの愛で満足することができなくなるなど、害をあたえることになるのだと語っている。吉本は「大洋論」の延長で、その説に真っ向から異を唱える。


だがそんなことはありえない。親たちが情愛が深ければ深いほど「大洋」的な世界は輝かしくなるにきまっているし、乳幼児期にも思春期以後にも愛の不調に耐えられる力能をもつにいたることは疑いないところだからだ。

——「異常論」、『母型論』

吉本によると、フロイトの盲点は、乳（胎）児と母親とがつくる前言語的な「大洋」を、ひとつのはっきりした輪郭のある時期として確定しなかったために、小児期における親の過剰な情愛が、乳（胎）児期に情が薄かったことの「代償」であることを見過したことにあった。

いいかえれば「大洋」の世界の波の下で、無意識が荒れていることに由来して、乳（胎）児もまた成長がすすむにつれて情が無かった代償をもとめて両親の情愛をどこまでもむさぼろうとしたり、両親の情愛の譲歩をどこまでも求めて病的（家庭内暴力）になったりするのだといっていい。　　――同

だが、その前言語的な「大洋」、あるいは「内コミュニケーション」段階の世界に全てがあり、そこで何かが狂ったら（例えば満足な授乳を受けられなければ）、もう取り返しがつかないのだというのは、人間にはあらかじめ「前世」の約定があり、その約定が無意識の世界に浸透してきたとき、ある過剰な挙動を不可逆に促すという論法と同様、倒錯的と言うしかない。

先に吉本が、「前の世」から聞こえてくる「無声の声」と呼んだものは、その倒錯が「母型」からやってくる「声」の抑圧に反応し、意識以前の未明世界に想定した、「母」の声を聞こうとする不可能な夢の予兆ではなかったのか。それは、「至福の母型」から追放された「子」の起源への過剰な欲動、言い換えるなら、「地獄の母型」を経験した不幸な「子」の虚構世界へ

の緊急避難を意味していた。

『源氏物語論』では、「前の世」という「母型」世界での約定が、無意識の世界に浸透し、そのために「異常なほどはげしい行為」（この場合は桐壺帝の更衣への度外れな寵愛）をとらせるのだと語られていた。ここで吉本は母系制社会の名残をとどめた歴史段階の物語世界における、言葉の約定について語っていることになる。

だが精確に言うとそれは、吉本が『源氏物語』の解読から直接導き出した帰納的結論ではなかったのだ。吉本の批評的琴線に触れる「母型」論的な「言葉の約定」は、その資質的〈病〉によって、あらかじめ定められたも同然のものだったからだ。例えば村上龍の現代小説を読む吉本は、結局これと同じ「言葉の約定」に行き着くのである。

『コインロッカー・ベイビーズ』という作品の本質的な物語性はどこにあるか。ひと口にいえばコインロッカーに息を止められたまま母親に捨てられて、偶然に生きかえって拾われたキクとハシというふたりの孤児が、胎内で調和的に聴けなかった母親の心音の安らぎを願望しながら、最初に原型的に体験するはずの母親との関係を残酷に破壊されたために、狂気や異常の事件に出会い無意識のうちに、あるいは決然と破滅してゆく過程、あるいは破滅にむかって超えてゆく過程にあるといっていい。わたしたちをパラノイアの心的な関係の状態に追い込んでゆく、母親との胎内における最初の関係障害の場面を、コインロッカーのなかに母親の手で遺棄された孤児という形で設定したとき、この作品の物語性の本質はほぼ決定されたといっていい。基本的な主題の展開は、本質的な優しさ、母型的なものを希求しながら、希求の対象から追跡されあるいは監視され、追いつめられて、狂気にいたる流れとしてひらかれるはずである。

——「イメージの行方」、『空虚としての主題』

現代的「狂気」の変奏を差し引いて読めば、ここで吉本が語っていることは、本質的に『源氏物語論』における「母型論」と何も変わらないだろう。

●散文的論理の転倒と詩的言語の普遍

さてところで、最初に「父」による「去勢」があり、それが他者の内面化を促すというフロイト＝ラカンの系譜に属する精神分析理論によれば、前世の約定が無意識世界に浸透した結果、「無声の声」に促されるように過剰な行為をとってしまうなどということは、おそらく起こり得ないのである。

吉本が、「母型からやってくる声に幼児みたいに暗示されて振舞う」と語るとき、彼はそうしたフロイト＝ラカン的な「他者」、すなわち「去勢」によってネガティブに現れる他者を、「母型」という「自然」による自浄作用のように、あらかじめ理論的に消去していたことになるのだ。精神医学者の斎藤環は、例えば「他者」と「言葉」の関係についてこう述べている。

フロイト＝ラカンの精神分析によれば、人間は誰もが「去勢」されることでマイナス記号としての他者を内在化させられる。ここに到来する他者こそが言葉であり、言葉はなによりも欠如をさししめす機能において共有される。比喩的に言い換えるなら、われわれは語る存在として社会化され、社会化されることで「語りつつ語られる」という特異な位相（象徴界）に位置づけられる。

——「関係の化学としての文学(一)」、『新潮』二〇〇六年一月号

このような認識の装置に照らして、吉本の論理が転倒していると言いたいわけではない。ただ絶対的な「欠如」からはじまる、ここで斉藤環の語る言葉と他者との関係は、「過剰」に染め上げられた「父」なき「子」の、「母型」的世界からの疎外の論理からは、導き出されようがないということだ。

その限りで吉本にとっての「語る主体」は、つねにそしてすでに、他者を内在化させる契機を欠き、「語りつつ語られる」という社会性からも見放される外はなかったのである。因みに夏目漱石の評伝を通じて、「他者」という概念を日本の近代批評にはじめて導入したと自負する江藤淳が、吉本の初期の詩的散文から、「あらゆる他者を拒もうとする」ラディカルな戦中派の「暗い呪詛の旋律」を嗅ぎ当てたのは、偶然ではなかった。

もっともその江藤にしても、晩年にはそうした象徴界の「他者」を拒否し、幼くして死別した母の「無声の声」の充満する想像界への退却を試みるに至るのだが（『幼年時代』）。小林秀雄がちょうど七十年前の「私小説論」で投げかけた、「私」の社会化をめぐる問題は、その意味でなお彼らの批評言語を、根底で呪縛し続けていたのだった。

他者とともに生きることが出来ず、「おまえは此の世に生きられない　おまえはあんまり暗い」（「エリアンの手記と詩」）と独白した若き吉本隆明は、自らの資質の根源に遡るように『母型論』に行き着いた。だがその散文的論理の転倒が、転倒ではなくなる世界を彼は保持していたのだ。言うまでもなく、吉本を吉本たらしめた「詩」の世界である。

吉本隆明は彼の不幸な資質を全開させつつ、彼にとっての〈自然〉が、「母型」の核心と宿命的に出会う歌を、詩人としての生命を賭けて、ただ一度だけ歌ったことがあった。『記号の森の伝説歌』（一九八六年）がそれである。

ここで吉本は、初めてその資質を決定した起源的世界への〈郷愁〉を、高度に抽象化された詩的言語によって滔々と歌い上げたのである。母なるものの起源の場所を、「前の世」から「この世」に架橋するようにして。

では、そこで「母」なるものは、実際どのような位相で立ち現れてきたのか。

●死の匂いのする〈郷愁〉について——

枯《か》れてゆく黄《き》色《いろ》い海に
母がひそんでいる
春の潮《しお》には　爪《つめ》がある
いつか機《き》嫌《げん》がいいとき　魚たちの
母が語りはじめる
すべて眼にみえない有形物は
予感が変ったすがただ
水の着物に帯《おび》をして
ちいさな蔭《かげ》みたいに　潮の幼児は
霧氷《むひょう》になった

未明《みめい》という限りがない堤のしたに
疲《つか》れた魚の子たちは
似かよった葉っぱみたいに

いつまでも休んでいる

母に連れられた魚は
疑問符《ぎもんふ》の限りない音楽だ

＊＊＊＊

ああ　幼時《ようじ》は硝煙《しょうえん》の匂《にお》いがしている
死に漂《ただよ》う匂《にお》いだ
枕《まくら》の裏側《うらがわ》から

たれかが遠い声で　呼んでいる

――「舟歌」、『記号の森の伝説歌』I

この詩で「水」や「魚」が象徴しているのは、この世のむこう岸にある「前の世」から出ようとしている、はじまりの「言葉」なのだ。母親と乳幼児との間にまたがる「大洋」的世界から、言葉の胎児がまさに水棲動物から両棲動物へと変態をとげるように、「この世」に「上陸」

を開始する劇的瞬間を、この詩は暗示していた。
だがその未明の堤を踏み越えて誕生した「幼児」を取り巻く世界は、すでに死の匂いを漂わせている。ここに吉本隆明という希代の思想詩人にとっての見果てぬ、不可能な夢の本質が圧縮されていた。彼の言葉が、遡行的に手繰り寄せた起源の風景が、「死」に先取りされていたとは、だが一体どういうことなのか。
グリム童話の世界について語られた、一九九〇年の「幼童論」（『ハイ・イメージ論Ⅲ』）では、その起源的な「死」の世界は次のように語られている。

幼童もまた無意識の起源のところで死に接触している。ただ幼童のもつこの死は死んだ後の世界にむかう死ではなく、誕生にむかう受胎以前の死なのだといえよう。死の継続が生の起源に接続している死が、幼童のもっている死だ。この死は生の物語を紡ぐよりほかに方向をもたないことはたしかなのだ。それにもかかわらず幼童のもつ死も、死であることにかわりはない。死がもし不吉な、不本意なものだとすれば、胎内をもつ母親だけが、この不吉なものの影として、幼童の生を覆う資格を手にしている。

ここに吉本の語る「地獄の母型」が、「至福の母型」と等置されなければならない必然が示されている。その母型から追放されるように、生の物語を紡ぐ「幼童」が、母にうとまれたとすると、そこから何が始まるのか。吉本隆明は、グリム童話の中の「白雪姫」について、「世間ていをかんがえずにすんだとしたら、この王妃はまま母でなく、じつの母でよかったのだ」と語っている。残酷な〈母〉が物議をかもしたので、グリムがそれを「まま母」に訂正したことへの吉本の異見である。

あざむかれたとはいえ、この王妃は母親として、幼童にたいして究極の死の影を演じていることになる。そして母親の死の影に追われた幼童は、それを逃れるために、波瀾をもとめる。波瀾はおおげさで起伏のはげしいほど、幼童にとっていいことなのだ。キルケゴールのようにいえば、行き暮れた旅人として未知の土地へきて、心をみだし荒れ狂いながら風のように峡谷をつきぬけ、洞窟をくぐり、悲鳴をあげたかとおもえば、怒りの声をあびせ、また沈んで歎きの調音を発し、また底しれない不安の溜息をつき、やさしい抒情の唄をうたう。そして幼童はそれらの波瀾をもとにして、おわりには生の恒数のようなメロディを手にいれる。このメロディこそが幼童の反復を構成するのだ。

——「幼童論」、『ハイ・イメージ論Ⅲ』

もとより吉本隆明は、グリムに頼らずとも、そのような幼童の唄を詩的世界の中で、自前で反復することができた。そこで彼は、「生の恒数のような」悲劇的な起源のメロディを手にいれる。同じ『記号の森の伝説歌』Ⅳに、「俚歌」という詩がある。吉本的世界の初源を解き明かす〈はじめへの郷愁〉が、それまで封印されてきた「無意識の起源」を、鮮やかに解き明かした渾身の詩である。その「俚」とは、彼のルーツ九州・天草のことであると、吉本は芹沢俊介のインタビューに答えて率直に語っている。[13]

どうやら吉本における死のイメージは、前章でも触れた母の胎内にいたまま、彼がその未明の「俚」＝天草から東京に〈越境〉してきたことと重大なかかわりがあるようだ。そして、この起源的体験が特異であるほどに、彼の散文的論理の転倒と軋みは、詩的言語によって癒され、普遍化される余地を残していたのだった。

母の胎内で渡った海への郷愁と言えば、私は直ちに一八四〇年生まれのフランスの画家オディロン・ルドンの言葉を想い出す。彼は「芸術家の告白」で、クレオール（植民地生まれの白人）の母の胎内にあっての旅についてこう回想している。

海の旅は、当時は長くかつ危険なものでした。この帰国の途次、悪天候か逆風のおかげで、私の両親をはこぶ船はすんでのところで洋上で迷子になりかかったようです。このときの遅延か偶然か運命のおかげで、波のまっただ中、以来しばしばブルターニュの崖上から苦悩と悲しみにひしがれて私が眺めたあの波のまっただ中、要するにどこか深淵の上の故国なき地で、生まれていたら私はどんなによかったでしょう。

安東次男がかつて語ったように[14]、それは生まれてこなければよかったという、彼自身の「現実の願望」と等価な想像的回想であったのだ。安東はさらに、「海底の幻想」、「貝殻」といったパステルの材質を活かした「官能と精神の一致の極を示すような」ルドンの作品について、「五十年の歳月のあいだ少年の夢が探し求めてきたものが、そこに、現実として、一つの材質として、あるといった感じの作品である」と評している。不吉な夢の実現のように。

吉本の〈はじめへの郷愁〉が、抒情的なメロディを奏でる以前に、不吉な死の影に包囲されてしまうのも、そのように無意識の起源で死に接触してしまった「幼童」の不可能な夢の現れだった。

「おまえは此の世に生きられない　おまえはあんまり暗い」——という、「暗い呪詛の旋律」(江藤淳)は、すると他者性の欠如という以上に、深刻な悲劇性を帯びていたことになりはしないか。何故ならそこでは、〈母〉に疎まれたり、あざむかれたりする以前に、生まれてこなければよかったという意識に囚われた「幼童」の引き寄せる「おおげさで起伏のはげしい」波瀾が、悲劇的に反復されていたからである。フロイトから遠く離れて——。彼の言葉はまさぐるように、その起源の場所に近づいてゆく。

5章

癒されざる〈病〉

●「仮構の母」の捏造と近代日本の「病」――

たれかが遠い声で　呼んでいる

――「舟歌」、『記号の森の伝説歌』I

確かにそれは、胎児である吉本が聞いた「母の声」に違いなかった。意識以前の未明世界で起こった想像上の劇を増幅させ、必死にその声に耳を傾ける「子」は、そうして不可能な夢を紡ぎつつ、過剰な意識を不吉に肥大させてゆく。吉本隆明の言葉が、ある欠如の補填ではなく、奇怪な過剰さとして突出する場面に、彼の読者は容易に立ち会うことができるはずだ。そこには、凡庸な浪曼者の情念の奔出とは異質の、シリアスな資質上の悲劇が関与していた。

彼が「母」なるものを、そのものとして召喚するのではなく、抽象化された原型である「母型」に遡ってしか呼び起こせないのも、内的悲劇の増幅がもたらした、ある過剰さの屈折した表われではなかっただろうか。

これに対し、例えば彼が『父の像』(九八年)で語っていたのは、まさに身の丈の「父」の「像」であったのだ。その語り口は、どこまでも散文的であり、ことに六〇年安保闘争のデモに参加した吉本が、逮捕された直後の父親の対応を、戦前の中野重治の転向小説『村の家』[1]の主人公の父親のそれと重ね合わせた件などは、実に生き生きとしていた。重要なのは吉本が、そのように散文的に「母」の「像」を語らなかったことである。[2]

いずれにせよ、「母型」というフィルターを通して、漸く立ち現れる「母」は、「至福」が「地獄」に何時でも反転するような、不穏な「像」を結ぶしかなかった。もっともそれは、抽象化された始源の「悲劇」として、吉本の内部にいつまでも深く埋め込まれていたのであるが。偶々それが、他者の内面的な劇に投影された場合、この精神史的な初源の劇は、どのような〝思想的事件〟として、過激に増幅されることになるのか。

それを確認する恰好のテキストとして、『柳田国男論』(八七年)に当たってみることにしよう。折口信夫とともに、吉本が終始敬意をはらい続けた学者は、日本民俗学の創始者・柳田国男であった。ここで私たちはまず、大塚英志が喚起する次の事実を、柳田－折口－吉本を結ぶ糸として確認しておきたい。

ぼくは以前から柳田国男や折口信夫が「仮構の母」を捏造しようと欲する不思議な感情を彼らの言説の基調に抱いていることを問題としてきたが、そのような動機に支えられた過去の創造ないしは捏造が民俗学の一つの側面であったとさえ考える。柳田民俗学が歴史の連続性や、ゆるやかな変化をこそ強調するのもそれが近代における「ノスタルジア」の具体的な一つの現れとしてあるからだ、と感じる。このような不連続の認識は、空間においては「故郷」、時間においては過去との連続性を強く求め、それゆえ、過去にあって初めて、「ふるさと」という概念を人は創出するのである。

――「ぼくは教育基本法の「改正」に何故、反対するか」

大塚はここで、F・デーヴィスの『ノスタルジアの社会学』を引き合いに、強引に「近代」に突入した明治期の「日本」が、「郷土」という「家郷」と、「万世一系」という連続性の双方をなぜ必要としたのか、その「不連続性への不安」を問題にしているのだ。

柳田、折口にあっての「仮構の母」の捏造は、大塚の言う「偽史」としての民俗学の立ち上げに関与したという以上に、それ自体近代日本に特有の「病」だったということもできるだろう。そうした歴史性を背負った「病」が、近代ナショナリズムへの強力な批判者でもあった吉本の資質的な〈病〉と、ある種悲劇的な共鳴現象を引き起こすのである。

吉本にあっての「仮構の母」の捏造とは、言うまでもなく「母型」という、より抽象的な理論モデルの導入と重なっていた。吉本隆明はそのような形で、彼自身の出自に繋がる「不連続性への不安」を慰撫し、ノスタルジアを言語化したのである。

では、彼の資質が共鳴現象を起こした折口信夫の「捏造」の形はどうであっただろう。疑いなくそれは、『共同幻想論』（「罪責論」）に濃い影を落としている、折口の次のようなノスタルジアの表白に結晶化されていたのだ。

> 十年前、熊野に旅して、光り充つ真昼の海に突き出た大王个《［が］》崎の尽端に立つた時、遙かな波路の果に、わが魂のふるさとのある様な気がしてならなかつた。此をはかない詩人気どりの感傷と卑下する気には、今以てなれない。此は是、曾ては祖々の胸を煽り立てた懐郷心（のすたるぢい）の、間歇遺伝（あたゐずむ）として、現れたものではなからうか。／すさのをのみことが、青山を枯山《カラヤマ》なすまで慕ひ歎き、いなひのみことが、波の穂を踏んで渡られた「妣《ハヽ》が国」は、われ〳〵の祖たちの恋慕した魂のふる郷であつたのであらう。いざなみのみこと・たまよりひめの還りいます国なるからの名と言ふのは、世々の語

部の解釈で、誠は、かの本つ国に関する万人共通の憧れ心をこめた語なのであった。

――「妣が国へ・常世へ―異郷意識の起伏」、『古代研究（民俗學篇1）』（傍線は原文）

●『故郷七十年』の解読を通じて――

吉本は最近、折口について「神話時代の英雄の性格を自分に引きつけているような気がする」（『家族のゆくえ』）と、彼の「自己劇化」の様態について言及しているが、その基調にあったものこそ、ここで言われている「妣《はゝ》が国」への「懐郷心（のすたるぢい）」ではなかっただろうか。「仮構の母」の捏造に際して、折口はその種の「自己劇化」を古代神話の英雄譚と整合させる類いまれな資質を有した詩人だった。

七〇年代半ばの「折口の詩」（『現代詩文庫1002　釋迢空』解説）で吉本は、すでに「親（父）にうとまれているという自虐をいだき、年上の女性に慰藉をみつけだし、流離をつづけて悲劇的に途上で死ぬ」ヤマトタケル的〈英雄〉の「貴種流離譚《きしゅりゅうりたん》」を、折口個人の資質と重ね合わせている。さらに折口の中での「仮構の母」は、「妣が国」「常世」に結晶してゆくことになるのだが、吉本によるとそれは、女装をさせられて仲間から爪弾きにされた幼い折口を、優しく庇護してくれた隣家の年上の女性と同一なものであった。

勝手な憶測をくだせば、折口はじぶんを神話の〈英雄〉に同化し、しだいに自分の生涯をもその軌跡にあわせようとこころみた、といえなくはない。そのために女性を近づけなかった。また、肉体的に女性的な弟子たちに男色行為を仕掛けたりした。いいかえれば〈父〉となることを怖れ、また成人することを恐れ、ほとんど意志的に神話のなかの〈英雄〉の初期から晩年にかけての悲劇に、じぶんの心の遍歴を封じこめたかの感がある。

これが折口信夫に探り当てた資質的な〈病〉の核心だった。これに対して柳田国男の資質は、そうした「自己劇化」のパーソナリティからは、限りなく遠くにあった。それこそが、「民俗」というインパーソナルな歴史の痕跡の追跡に、柳田を赴かせた最大の理由だったはずだ。したがってその「仮構の母」の捏造は、折口ほど露骨ではなく、ここでのコンテクストに限って言えば、多分に吉本自身の手が加わったものであった。

主著『共同幻想論』で、縦横に『遠野物語』を参照した吉本は、八〇年代後半、改めて柳田の学的方法に挑むのだが、必ずしもそれは尋常なやり方ではなかった。彼自身の資質的な〈病〉が、折口を論じる際にあった距離を越えて、柳田のテキストに大幅に介入し、「仮構の母」の捏造にコミットするからである。

例えば吉本は、柳田の自伝的作品『故郷七十年』から、執拗に次のような箇所を抽出し、そこに柳田国男の「母型」の記憶に繋がる「悲劇」を探り当て、過剰な意味づけを開始するのだ。

病弱だった柳田が、故郷の播州（兵庫県・田原村辻川）から、利根川近辺の布川で医院を開業していた実兄（松岡鼎）のもとで、二年間を過ごした当時の想い出である。

（一）　播州の田舎から、長兄を頼り利根川べりの村里・布川に来て十三歳から二年間を過ごした柳田は、どの家でも二児制（ツヴァイ・キンダー・システム）の風習を守っていることに驚いた（柳田は八人兄弟）。

（二）　その河畔には地蔵があり、絵馬が掛けてあった。その図柄は、産褥の女が鉢巻を締めて生まれたばかりの嬰児を抑えつけているという悲惨なものであった。障子に映ったその影絵の女には角が生えていて、傍らには地蔵様が立って泣いていた。柳田は子供心にその意味を理解し、寒いような心になったことを後々まで憶えていた。

（三）　柳田の母親の長兄は働き者で、飾磨の港で商いをしていたが、悪質の花柳病にかかり、そのまま四国巡礼に出たまま永久に還らなかった。それは世間の思惑を気にする家々のその頃の「普通の処理法」だったらしいが、一家の秘事を話してくれた母の心に何時までもそれがわだかまっていたことを、柳田は直覚していた。

吉本はここから、彼ならではの過激にして過剰な意味づけをする。それは、『故郷七十年』における柳田の回想された精神の劇を、再構成して解釈しただけではなく、明らかにそれを悲劇的に増幅したものだった。

柳田はこのたぐいの事態の根っこに、生れ落ちてすぐのじぶんでは養いもならず、歩くことも、視ることもできぬ乳胎児のとき「母」に冷たくひき離されたものの悲哀をみていた。ではなぜ柳田はそんな悲哀に執着したのか。それは柳田自身がおなじような体験を「母」からうけとっていたからだとおもえる。〔略〕もうひとつあげれば維新後の生活の変動に適応できず神経衰弱になり、村の空井戸に隠れたりするような夫をかかえながら、（柳田の母は）八人の子供を育てるのに奮励した気性のつよい女性で、長兄の嫁となった女性を痛めつけて、いたたまれなくさせ、実家に追いかえして離婚させたほどだった。そのため長兄はヤケになって、生涯を変更することになった。柳田自身の回想では（『山の人生』「山の人生」九）四歳のころ母親の愛情や注意が生れたばかりの弟の方にむいてしまったとき、無意識のうちに架空の「神戸の叔母さん」を慕って行こうとして、県道を南のほうに歩いているところを、村人につれもどされた体験がのべられている。ここでも柳田の母親像は記述のうえで両義的だが、柳田が母親に居たたまれなくされて実家ににげかえり離縁となった兄嫁を、ながくやさしい慕情で回顧し、この事態を民俗学へ志向した動機のひとつに数えあげていることと関連させてみれば、たぶん柳田の母にたいする乳胎児期の関係は、意識的な渇望と無意識の裂け目をうつしているとと推測してあやまらないはずだ。

——『柳田国男論』

まぎれもなくここには、彼自身の「仮構の母」の極限形態である「地獄の母型」が投影していた。おそらく吉本の推測は、誤ってなどいなかったのである。ただ、柳田の体験した幼少年期の「劇」が、過剰に増幅されて不穏な「像」を結んでいる（『故郷七十年』のあの穏当な語り口に比して）ということだけは、確かなはずだった。

●意識的な渇望と無意識の裂け目――――

これに続けて語られている、柳田の「潜在的な恐怖感や哀切感」の源泉、もし故郷の村里が二児制の風習になっていたら、彼は「間引かれる存在」であったに違いなく、それで地蔵堂の絵馬に衝撃を受けたのだという推測も、的をはずしてはいまい。

また、悪質の性病にかかって出奔し、永久に戻らなかった叔父に、死にゆく旅にでたであろう彼自身の姿を、二重映しにしていたというのも、柳田的な精神の劇の変奏として、決して不当なものではない。

だが、吉本が柳田の母に対する乳胎児期の関係を問題にし、そこに「意識的な渇望と無意識の裂け目をうつしている」と推測した時、吉本は彼自身の内部に秘められた初源の劇を、その「母型」に遡り、乳胎児期に決定された母子関係の悲劇として、柳田の「仮構の母」に〝重ね描《が》き〟しているに違いなかった。だから、その推測に誤りがなくても、もしもそれが度を越して不穏な「像」を結んでいるとするなら、おそらく吉本の資質的な〈病〉を決定した悲劇が、過剰に柳田的世界を染め上げた結果にすぎなかったのだ。

逆に言えば、吉本の批評家としての特異性は、この過激な対象の引き寄せの方法と、その反動としての対象の突き放し（ディタッチメント）の方法にしかなかったと言ってよい。

そのようにして彼は、柳田民俗学の「動機」（大塚英志のいわゆる「仮構の母」による「過去の捏造」はその最たるものであろうが）を、固有の方法で自－他の「意識的な渇望と無意識の裂け目」が、おし重なるように二重に動機づけてゆくのである。


柳田の動機の領域が、いちじるしく無意識の自然に似てくるのは、生涯のどの場面でも、柳田を方向づけたもののなかに、かならず資質の無意識が含まれていたからだ。その意味では、農政学も、養子も、抒情詩の断念も、すべて無意識の所産であり、官界からの隠退も、民俗学者としての再生もまた、無意識に促されたものだといってもよかった。柳田はどんなに閲歴を変更したようにみえても、ただの一度も資質の無意識が暗示する領域を脱出したことも、踏みはずしたこともなかった。

——同

柳田の動機がとび去ろうとする力を、繰返しひき戻し、ひき戻すことで広さと幅をもった領域にまで、動機の概念を高めたのは、幼く遠い乳胎児期にすでに形成された、かれの

資質の無意識だったといってよい。――同

だが、吉本が柳田国男の動機とその方法に見た「資質の無意識」とは、著しく安定性を欠く、「不自然」な何ものかであったのだ。それは、両親の急逝、抒情詩の断念、農政学徒としての官庁入り、柳田家への婿養子入りの決断、さらに官庁からの隠退と民俗学者としての再生など、柳田国男のたどった生涯の起伏の激しさ自体からくるものではない。その起伏を、穏当な文体によって漸く宥めた柳田の『故郷七十年』に、吉本が過激に鍬を入れ直し、不穏当なアクセントを付した上で、改めてその危機的な「無意識の自然」を、物々しくすくい上げているからなのである。「意識的な渇望と無意識の裂け目」とは、吉本自身の乳胎児期の母との関係が惹起した、初源の劇を映す鏡でもあったのだ。

だが、そのようにバイアスのかかった解読からしか導かれない、ユニークな柳田像が、吉本によって立ち上げられたことも事実なのだ。例えばそれは、柳田の「農業論」に対する吉本の漸近と離反の断面に、鮮やかに示されていた。吉本の直感が押さえたのは、柳田のアキレス腱であると同時に、その可能性の中心でもあった。柳田の弱点が、最も顕わなようにも見えると吉本が語ったその農業論の特異性は、「家」の問題に象徴される「アジア的な特質の強調」にあった。吉本の柳田への漸近と離反、その評価の両義性は、柳田の「近代」(主義)に対する漸近と、そこからの微妙な離反の両義性と相即の関係にあったと言えよう。

優れて近代的な農政官僚であった柳田は、一方で「家」の永続を基盤とする、農村共同体の「アジア的な特質」を無視することはできなかった。と言うより、この近代と前近代の特異な二重構造の発見こそが、柳田をして「常民」を基盤とする日本民俗学への展望を切り開くポイントだったのだ。『時代ト農政』から吉本が引き出したのは、その中心思想とも言うべき「田舎対都会の問題」だった。この二項対立で柳田が喚起していたのは、「家の永続」と「家殺し」の近代日本における悲劇的な交差だったのである。

柳田は、「国に次いで永い生命を持つて居る家を一朝にして亡すと云ふのは、果して戸主の自由に為し得る行為でありませうか」と問い、永住の地を大都会へ移すことが十中八九、「家殺し」の結果に陥ることを警告している。またそれが、ひとり都市移住者個々の問題に止まらず、国家にとっても大問題であることを強調する。

●「アジア」を体現する旅人の視線

近代主義者・柳田の別の半身が顕わになるのは、端的に次のような箇所においてだった。

祖先が数十百代の間常に日本の皇室を戴いて奉公し生息し来つたといふ自覚は、最も明白に忠君愛国心の根底を作ります。家が無くなると甚しきは何故に自分が日本人たらざるべからざるかを自分に説明することも困難になる。個人主義が盛んに行はれて来ますと外国の歴史も自国の歴史も同じやうな眼で看るやうになります。

——「田舎対都会の問題」六、『時代ト農政』

この一点を除き、柳田は田舎から都会への人口流出を、「個人として知恵の無い誤つた行為」だとは言われぬとする。柳田の平衡感覚が、スリリングに「近代」の受容と、それへの反発の間を揺れながら、危うく現実への帰還を果たしている場面である。

吉本はそこに、柳田の「逆立ちした法社会学的な秩序観念」を見て取る。そこで何が逆立ちしているかと言えば、柳田の論法では、「個人」が「家」を、「家」が村落「共同体」を、また村落「共同体」が「国家」を、それぞれ「自然権」の状態におくために、みずからを義務づけねばならないからだ。

もっとつきつめれば「国家」は、自然神の体現者である日本的なディスポットを、自然権状態におくためみずからを義務づけなくてはならないことになる。

——『柳田国男論』

『共同幻想論』の著者である反逆の思想家が、漸近から離反へとパフォーマティブに舵を切り、治者・柳田国男の平衡感覚を、ずたずたに切り裂いている場面がこれである。吉本的な認識では、「個人」と「共同体」や「国家」は、あらゆる「義務づけ」を解消する契機として、その幻想性において「逆立」しているということが自明の前提になっていた。

吉本にすれば「家の永続」は、男女の対なる幻想によって支えられており、それが「共同体」や「国家」を、自然権状態におくために義務づけられるとした柳田の法社会学的な秩序観念は、逆立ちしているとしか言いようがなかったのである。ましてや、自然神の体現者であるディスポット（＝天皇）を、近代「国家」が自然権状態におくために義務づけなくてはならないとしたら、それこそ「共同幻想」の特殊日本的な転倒でなければならなかった。

だがすでに私たちは、そうした柳田的な秩序構成の幻想性からどう覚醒したにしろ、「日本的なディスポット」と近代「国家」との紐帯が、びくともするものではないことを、とうに知り尽くしている。吉本の柳田からの離脱の回路には、だからどんな幻想を想い描く必要もないのだ。ただ吉本が独自の漸近によって、柳田が押し殺した悲鳴のようなものを、『時代ト農政』の細部から精確に聞き分けていたことだけは、率直に認めねばなるまい。

〈「家」を殺害して後に、都市へ逃亡するな〉――吉本が柳田から受け取った押し殺された悲鳴は、このワンフレーズに凝縮されていた。吉本は語る。


ここに超保守主義者にみえるかとおもうと、貧農や小作人や非農的な民衆のラジカルな救治者ともみられる柳田の両義性がよくあらわれている。だがほんとうは法社会学者としての柳田が、その視点をどこにおくかで、展望が違ってくるだけかもしれなかった。視線を「農」において理想の法社会を想定すれば、ディスポットを頂点として、平等と自由を実現した農村共同体の段階的な秩序が想定され、逆に明治近代化を、資本制的な産業構造へむかう必然の過程とみなせば、農村の理想像は、小土地所有の自作農が、平等に自立してならび立つ図面を想定せざるをえない。柳田が指さしているのはそこだった。　――同

それを、柳田が辛うじて平衡を保っているクリティカル・ポイントとして受容する以外に、彼の「農（政）学」がその「民俗学」に、言い換えるなら治者の営為が、無名の被治者の視線に架橋される道筋はなかったのだ。しかもそれを直視する柳田の認識は、どんなルサンチマンともペシミズムとも無縁であった。ということは、柳田国男の知性が、単純な近代主義とも、屈折した反近代主義とも一線を画していたということである。

柳田は農政官僚としても、在野の民俗学者としても、近代が失ったものと、近代以前にはなかったものとの文化的なバランスシートに、特異な嗅覚をもった異人的「旅人」であったのだ。だから私たちは、柳田の押し殺した悲鳴だけではなく、この異人の凄みある声調にも、細心の注意を払うべきなのだ。例えば、「文学という言葉を広く解するならば、女たちが是に親しむ時間は、昔の方が却って今より豊かだったのです。昔無かったものはなまにえの翻訳文学だけであります」（「女性生活史」）といった部分にである。

吉本隆明は、論敵・花田清輝とともに、そうした柳田の可能性の中心に、直に手を触れた数少ない思想家だった。花田は、日本がフォークロアの実験室だという柳田の言葉から、前近代的な芸術と近代芸術の対立を止揚した、超近代的な芸術の創造のヒントを引き出している（『近代の超克』）。

一方、吉本がその最もしなやかな感性の襞で捉えた柳田民俗学の可能性の中心とは、比喩的には景観の間に停泊し、また思いたって通過するときの「旅人」の視線が象徴するものであった。彼はそのようにして、花田とは逆に、「意識的な渇望と無意識の裂け目」に手を触れながら、柳田国男という「旅人」にとっての認識の「風景」が、どこから来たのかを問うのだ。

すると、村里を通過する自分の姿を、自らの視線の中に繰り込んでいる「旅人」の姿が、生々しく幻視された。[3]「山」を「自然」の源泉とするその「旅人」は、アジア的な郷村の共同体意識の、世代を超えた停滞と、それゆえの平穏を、叡知として生かしえた俯瞰し移動する視線の持ち主であり、あるいはその生きた軌跡だった。

それが平野の農耕と、それに絡み合う「山」里の狩猟と木樵とを横断する軌跡に複合化したとき、柳田の「旅人」は、「民俗の差異」として世界史に登録されるべき、「アジア的」ということの可能性の中心を担う理念になっているはずだと吉本は確信していた。それは吉本隆明が、柳田国男に託した彼自身の切実な夢であり、浄化された「ノスタルジア」の詩的結晶に違いなかった。

八〇年代後半に刊行されたこの『柳田国男論』を読むと、吉本自身が生涯癒されることのない資質的な〈病〉を、強引に柳田に投影したその夢の形が透視されよう。言うまでもなく、その核にあったのは、すでに述べたように、同じく八〇年代以降の吉本の詩篇や著作で鮮やかに前景化される「母」なるものの影であった。

遡って、『共同幻想論』（六八年）は、柳田国男の『遠野物語』に集積されたフォークロアを参照とする、『古事記』を通じた日本神話の解読の書であるが、ここからは吉本隆明が柳田民俗学の起源に探り当てた「母」なるものの痕跡を、日本の神話に現れる神々の種族の〈原罪〉と〈倫理〉を問う吉本の方法から探り出してみよう。

『共同幻想論』で吉本が、古代日本の始源の劇から引き出した結論で重要なのは、イザナギ、イザナミの子で、アマテラスの弟でもあるスサノオを、「国つ神」の始祖、すなわち土着農耕土民の「祖形」としたことであった。「高天が原」を統治し、神の託宣の世界を支配する〈姉〉アマテラス（＝「天つ神」）に対して、スサノオはここで、農耕社会を現実的に支配する〈弟〉という象徴に見立てられている。

ここから吉本は〈姉妹〉と〈兄弟〉が、それぞれ宗教的な権力と、政治的な権力とを分掌する神権的な〈共同幻想〉の制度的形態を抽出する。この神話世界における〈姉妹〉〈兄弟〉による〈共同幻想〉の天上的／現世（地上）的な分割支配の形によって、大和朝廷勢力はわが列島の農耕的社会とむすびつけられるのだと。改めて言うと、これは吉本が『古事記』の中に発見した、国家の初源を照らす最初の劇であった。ではそこで狂暴な振る舞いにより、アマテラスを天の岩屋戸に引きこもらせ、高天が原を追放されたスサノオの〈原罪〉は、どう解釈されるのか。

ニーチェ－折口信夫からフロイトの理論までを踏まえて、吉本は、それは大和朝廷勢力が背負うはずの〈原罪〉を、農耕土民が背負わされたか、または農耕土民が大和朝廷権力に従属したときに、自らが土俗神にいだいた負い目に発祥していると論じる。さらにそこからの理論的飛躍により、「母」なるものの原型が不意に次のような姿を現す。

そしてこの挿話ではスサノオは父イザナギから農耕社会を統治せよとは命ぜられずに、海辺（漁撈）を統治するように命じられるために、それをうけずに青山を泣き枯らすほどに哭きわめいて〈妣の国〉へゆきたいとごねて追放されるのである。スサノオが願望した〈妣の国〉あるいは〈黄泉の国〉は、共同性として理解すれば母のいる他界というよりも、母系制の根幹としての農耕社会であるようにみえる。

——「罪責論」、『共同幻想論』

吉本によって過剰に意味づけられた、スサノオの母系制的な〈農耕社会〉への回帰ないしは帰属「願望」の表出が、〈原罪〉や〈倫理〉の名に値するとしたら、それはこの典型化されたキャラクターの、不可能な夢に憑かれて慟哭し、「追放」にまで至る規範を逸脱した行為の神話的な強度によってである。

妣なる国への回帰が、あらかじめ不可能であるのに、スサノオはひたぶるにその夢を紡ぎ、青山を枯らすほど泣き叫ぶ。その度外れな行為の波立ちは、本来引き受けるのが筋違いかも知れない「願望」を、スサノオが過重に背負わされた「不自然」さからくるのだ。だが同時にその不条理が、この上ない「自然」さに等置されることにより、『古事記』におけるこの挿話は俄然、神話的な強度を発揮する。〈原罪〉や〈倫理〉は、だからこの種の神話的なキャラクターに特有の振る舞いの、突出した病理的痕跡を指していることになる。それはちょうど、母系制的な世界と、父系制的な世界の継ぎ目に走った、共同幻想の亀裂のようなものである。

母系制の根幹からさらに、「母型」への思想的な遡行を試みる以前の吉本隆明が、『古事記』という原テキストの解読を通じて、〈原罪〉と〈倫理〉の神話的強度を保証する〈共同幻想〉という概念に行き当たったことに改めて注目しよう。[4] ここでのスサノオの身振りで看過できないのは、母系制的な世界との紐帯に固執して追放される以前に、原始父系制的な世界（「河海」）の「相続」を否定していたことである。

スサノオの個体としての〈罪〉の観念はただそれだけに発している。そしてスサノオの〈倫理〉は青山を泣き枯らし、河海を泣きほすという行為のなかに象徴的にあらわれている。これを神話的な世界での個体の〈倫理〉の発生のはじめの形態とかんがえれば、それは農耕社会の〈共同幻想〉を肯定するか否定するかという点にだけあらわれている。いいかえればスサノオが父系的な世界の構造を否定して、母系的な農耕世界を肯定したとき〈倫理〉の問題がはじめてあらわれている。人間の個体の〈倫理〉が、欠如の意識の軋みからうまれるのだとするなら、スサノオがもった欠如の意識は父系制がもった欠如に発祥している。

——同

こうしたクセのある表現にも、吉本のぎりぎりの言葉が絞り出されているのを認めざるを得ない。ここでのスサノオの神話的な悲劇のリアリティは、おそらく荒ぶる神のごとくに怒り、完膚無きまでに論敵を粉砕せずには止まない吉本自身の資質的な〈病〉と共振し、破局的な効果を高めているのだ。そして、欠如の意識の軋みが、ある過剰さに反転したものを〈倫理〉と呼ぶ独創的な道筋も、その背後にある彼の理論体系を丸ごと受け入れる以外に理解することが困難なのである。

『共同幻想論』で、神々の種族の〈原罪〉と〈倫理〉を語る吉本の、ほとんど他の理論体系に〝通訳〟不可能な独自の論法と語り口は、だがここにだけ見られるものではない。初期の「マチウ書試論」——「マチウ書」自体が、新訳の「マタイ伝」を吉本が通訳不可能なテキストとして読み替えるためのフランス語読みという「擬装」であり、さらにそのためにイエスをジェジュと呼びかえるのだ——で、人間にとっての、自由な意志の選択を超えて働く「関係の絶対性」という〈倫理〉に、原始キリスト教がユダヤ教から離反する必然と、その宗教的強度の秘密を探り出したことを想起しよう。

新約聖書の旧約との切断面を、彼は「マチウ書」に示された、原始キリスト教の「ユダヤ教派にたいする比類のない攻撃的パトス」に集約して見せる。ユダヤ教的な秩序に対する反逆、それへの加担を倫理に結びつけ得るのは、ただ「関係の絶対性」という視点を導入することによってのみ可能だとする彼の否定神学は、その意味で『共同幻想論』にまで貫徹されていたのである。

> 人間は、狡猾に秩序をぬってあるきながら、革命思想を信ずることもできるし、貧困と不合理な立法をまもることを強いられながら、革命思想を嫌悪することも出来る。自由な意志は撰択するからだ。しかし、人間の情況を決定するのは、関係の絶対性だけである。ぼくたちは、この矛盾を断ちきろうとするときだけは、じぶんの発想の底をえぐり出してみる。そのとき、ぼくたちの孤独がある。孤独が自問する。革命とは何か。もし人間の生存における矛盾を断ちきれないならばだ。
>
> ——「マチウ書試論」(傍点は原文)

『共同幻想論』のインパクトは、この高度に抽象的な書物において、なお吉本がそうした「革命」への「自問」を手放していないところから来るのだ。その野心的な動機について、彼はその「序」でこう語っている。

現在さまざまな形で国家論の試みがなされている。この試みもそのなかのひとつとかんがえられていいわけである。ただ、ほかの論者たちとちがって、わたしは国家を国家そのものとして扱おうとしなかった。共同幻想のひとつの態様としてのみ国家は扱われている。それにはわけがある。わたしの思想的な情況認識では、国家をたんに国家として扱う論者たちの態度からは現在はもちろん未来の情況に適合するどんな試みもうみだされるはずがないのである。つまり、かれらは破産した神話のうえに建物をたてようとしているのだが、わたしは地面に土台をつくり建物をたてようとしているのである。このちがいは決定的なものであると信じている。

彼の「孤独」はここでも、「革命とは何か」というあの生々しい「自問」を手放してはいなかったのだ。その意欲が吉本をして、「共同幻想」のひとつの様態として表れる国家の解明のみが、破産した神話の果てにある「未来の情況」に適合した試みであると確信させているのだ。

その確信を支えていたのは、「疎外論」を基軸とする六〇年代的なマルクス主義の聖典『ドイツ・イデオロギー』の、「国家の本質は幻想的な共同性」にあるという、あの高名な一節であっただろう。『共同幻想論』は、経済的下部構造をそっくり括弧にくくった上で抽出された吉本による上部構造論なのであるが、そこで思想的な担保にとられていたのが、このマルクスによる国家の本質規定だったのだ。「マチウ書試論」で手にした「関係の絶対性」の概念を、国家創生の神話解読に当てはめ、吉本は「未来の情況」に適合する国家論を、純粋な上部構造論として打ち立てようとしていたのである[5]。

では次にスサノオの規範への反逆（〈原罪〉）が、〈倫理〉に等置される道筋をたどってみよう。何よりもそれは、農耕社会の規範＝〈共同幻想〉を肯定するか否かにかかっていたはずだ。父系的な世界の構造を否定して、母系的な農耕世界の〈共同幻想〉を肯定し、罪を負って追放されるスサノオの〈倫理〉は、もとより自由な意志による選択の結果生じたのではない。「〈共同幻想〉にそむくかどうかが個体の〈倫理〉を決定する」と吉本が語るとき、その神話的反逆のパトスは、不可避に強いられたものでなければならなかった。

欠如の意識の軋みから生じる〈倫理〉が、規範を逸脱するスサノオの振る舞いの「不自然」と「自然」の等価性を支えているとするなら、もはやそこには「関係の絶対性」という不条理の条理が働いていたとしか言いようがない。そして、次のような理論的に明快な結論を導くために、吉本は『古事記』の挿話を、いったん通訳不可能な批評的言語で解釈してみなければならなかったのだ。

『古事記』神話を統合したものが、水田稲作民の支配者となった大和朝廷勢力だとすれば、かれらは雑穀の半自然的な栽培と、漁撈と、わずかの狩猟で生活していた前農耕的段階の社会を否定し、変革し、席捲したとき、はじめてかれらの〈倫理〉意識を獲取したのである。いいかえれば良心の疚しさに当面したのである。そこでかれらはさまざまの農耕祭儀をうみだしてこの〈倫理〉意識を補償することになった。／スサノオはのちにアマテラスと契約を結んで和解し、いわば神の託宣によって農耕社会を支配する出雲系の始祖に転化する。これは巫女組織の頂点に位した同母の〈姉〉と、農耕社会の政治的な頂点に位した同母の〈弟〉によって、前氏族的な〈共同幻想〉の構成が成立したのを象徴しているともえる。

——「罪責論」、『共同幻想論』

この後、『古事記』のスサノオの挿話が象徴する、神権優位の時代からくだったヤマトタケルの挿話に吉本が読み込んだのは、現世的な政治制度を支配する〈父〉〈子〉間の葛藤に見られる〈倫理〉の原型だった。ここには、「良心の疚しさ」というニーチェの概念を手にした吉本が、それと折口信夫的な神話世界の解読との綜合を試みようとする意図が読み取れる。

天皇の命ずるまま、西の反乱者を討ち滅ぼして帰還したヤマトタケルに対し天皇は、直ちに東の方十二道にわだかまる敵を平定しに行くように申し伝える。〈子〉である皇子ヤマトタケルは、〈父〉なる天皇に不信を抱き、叔母であるヤマト姫に、天皇はもうわたしを死ねばよいと思っているにちがいないと嘆く。

ここでは、ヤマトタケルをいだいた〈倫理〉は、じぶんは〈父〉からうとまれたという思いに発祥している。——同

吉本にあって重要なのは、このように交換不可能な〈姉妹〉と〈兄弟〉の、あるいは〈父〉と〈子〉の「関係」(の絶対性)が招く宿命的悲劇であり、その対の間に働く水準の異なる〈幻想〉が、いかに氏族集団から共同体へ、そして国家へという規範の構成にかかわっているかという原理なのだ。

そうした吉本流の原理が、『ドイツ・イデオロギー』に示された「国家」=「幻想的な共同体」説からの大いなる逸脱であり、「幻想」の神秘化にすぎないという批判(絓秀実『一九六八年』)は可能であろう。絓によると、吉本における「天皇制(国家)」の「幻想」は、物質的な「もの」性の対極にあり、「知識人的抵抗の実践によって解体へと向かいうる」ものとされ、それゆえにさらなる「偽史的な幻想を呼び寄せる」。しかも、そうした偽史的想像力は、すでに『共同幻想論』に内包されていたのだという。そしてその延長でなされた吉本の南島・沖縄

論にしても、ヤマトタケルによって成立した「正史」の相対的な優位を認めた上での、日本本土の「相対化」に過ぎず、従ってそれを当時の新左翼がどのように摂取しようとも、必然的にナショナリズムの罠を免れることは出来なかったと結論づけるのだ。

『共同幻想論』に見られる吉本の偽史的世界への接近が、そのような意味で、戦後日本社会の閉塞状況からの強烈な脱出願望を抱いた〝団塊左派〟に、恰好の現実離れ（それが日本回帰に帰着しないという保証はない）の糸口を与えたことは事実だろう。だがそれは、「一九六八年革命」という「偽史」を支えるフェティシズム的な「もの」（＝物神）に、ここ数年とり憑かれたかに見える団塊世代の絓秀実が嘲笑うべきことではない。

ただ重要なのは、吉本的な〝偽史への情熱〟が、ナショナリズムに収斂しようがしまいが、彼の論理が一貫して「国家」や「家族」の関係の内部への求心的な遡行を試みていることなのである。「母型」という思考モデルにしても、〈母〉－〈子〉という関係の絶対性が、個体の神話形成とその解体に、いかに決定的に関与するかをめぐる幻想能産の内部過程から導かれたものだった。その限りにおいて、吉本的な「共同幻想」の衣をまとった「天皇」は、奇怪な「もの」自体だったのである。『言語にとって美とはなにか』のキーワード「自己表出」が同様の意味で突出していたように、「共同幻想」は自己疎外的表象の外にある「もの」の謂であり、「知識人的抵抗の実践」（絓）によっては解体できない民族的幻想＝〈病〉のことではなかったか。

『初期歌謡論』に至って吉本は、大和地方にあった古歌謡に潜在し、初期大和朝廷の支配者の系族の悲劇として体現された歌曲の説話論的構造を、「父にうとまれながら父を代行するもの」（倭建命）と、「兄妹相姦を侵すもの」（軽太子）の二系列に選り分け、歌謡の「祖形」に定位する。『共同幻想論』を経て、ここで吉本は漸く物語以前の神話・歌謡に表れた幻想の世界的な普遍構造にたどり着くことができたのである。少なくともそれは、オカルティックな「偽史的ヴァーチャルリアリティー」（絓秀実）の彼岸にある何ものかであることだけは確かだった。[6]

●天皇（制）に対して――

大和王権の初期神話と初期歌謡の解読に傾けられた、吉本の方法的情熱を支えていたのは、戦中派としての「天皇（制）」への屈折した思いであった。

吉本の資質的〈病〉が、「母型」に引き寄せられていったように、戦争で一敗地にまみれたところから、自力ではい上がってきたこの無敵の不死者は、「天皇（制）」への世代的な執着を、思想的な生涯のテーマとして引き受ける。

戦後思想における吉本の固有性は、この〈病〉にかかわる内在的な精神史が、外在的な歴史性に働きかけるその運動性にあった。死の世代の魂の叫びとして、「おう　きみの喪失の感覚は／全世界的なものだ」（「分裂病者」、『転位のための十篇』）と発語したこの戦中派詩人は、一方で「天皇（制）」の核心ににじり寄るポジティブな思想的営為によって、そのユニークな否定神学を磨き上げたのだ。

ところで、一九六〇年代以降のこの国のラディカリズムの行方とも深く切り結んだその営為が、否定神学である所以は、吉本が政党や党派に属することなく、つねに「政治」の外延から、「革命」についての言説を、脱政治的に組織する「天皇（制）」論者であり続けたからである。つまり吉本の「天皇（制）」論の行き着くところは、〝現人神《あらひとがみ》伝説〟を『共同幻想論』によって無化（＝脱政治化）し、象徴天皇制のもとでの天皇の脱政治的延命を受容する、「革命」への否定神学として機能するしかなかったのだ。ではそれが実際に、どのように外在的な歴史性と交差したのかを批判的に検証するために、ここから最後の章を起こそう。

敗戦直後、日の丸・君が代に、条件反射的に過剰防衛反応を示す「戦争ノイローゼ」に苦しめられてきたと告白する（「天皇制をどうみるか」）吉本は、間もなく積極療法でこれに対処しようと決意する。天皇および天皇制を「徹頭徹尾、論理的に追求」（同）しようという不敵な決意である。

おそらくそれは、三島由紀夫とは逆に、「天皇（制）」に向き合うことを意味した。別の場所で吉本はこうも語っている。

「戦後はわたしにとって〈解放〉でもなければ〈平和〉でもないという時期をずいぶん長いあいだ通過しなければならなかった」（「天皇および天皇制について」）。この過程で彼は、「戦時期に頭から全身的にのめりこみ、その体験に挫礁し、それをひきはがすために悪戦してきた〈国家〉とはなにか」（同）という難題に、「天皇」問題の理論的解明と並行して、真正面から取り組むことになるのだ。

敗戦から戦後への決定的時間変容の一時期、〈解放〉にも〈平和〉にも与し得ない孤独な精神は、右に述べた戦争神経症的症候群に悩まされつつ、まさに荒療治的に国家や天皇の理論的解明に立ち向かい、それらを「無化」することで、「戦争の死者の臭い」を振り払おうとしていた。戦中派吉本は、やがて死者に抱かれ、死者を抱く最強の思想者として、あらゆる戦後的な解放思想や、平和思想の欺瞞を摘発することになるだろう。〝死者の時〟から甦った、思想的なゾンビ＝不死者として。

●ラディカルズとの時代的遭遇

その無敵の自立思想の快進撃に同調したのが、アプレ・ゲール左派の安保全学連主流派およびその同伴者たちであり、さらには純戦後派の「団塊の世代」の反体制ラディカルズであった。何が彼らをして、吉本的言説に帰依させたのか。学生運動もはるか以前に終息し、マルクス主義のイデオロギー的拘束下にあった社会主義国家が、事実上全世界的に解体し果てた今日、往年の吉本が「革命幻想」に浸った反日共系の新左翼学生に与えた広範な思想的影響力を検証するのには、かなりの困難が伴う。

吉本が戦後の学生運動に連帯したのは、一九六〇年の反安保闘争においてであった。ここで彼は日本共産党への反逆の意志を顕わにした共産主義者同盟（ブント）主導下の全学連主流派（安保全学連）と、国民的熱狂を誘った十万人規模の国会周辺デモで、行を共にするのである。一連の文学者の戦争責任論、転向論で日本共産党神話の引き剥がしに成功した若き論客と、同じくその指導部と袂を分かった怒れる若者たちとの共闘が実現したのだ。

日米安保条約に関して言うと、朝鮮戦争（一九五〇〜五二年）の緊張の最中に締結された旧安保条約は、事実上占領体制を継続させる二国間の「片務的」な取り決めが特徴となっていた。そもそもこの二国間条約は、一九五一年九月に対日講和条約とセットで調印されたものであった。その改定に積極的だったのは、むしろ当時の首相・岸信介であったのだ。

岸は将来の〝憲法改正〟を睨み、戦後日本の経済復興、国連加盟（五六年）を背景に、「独立国」に相応しい自衛力の増強を条件とする日米安保の「双務的」改定に意欲を示し、同時にアジアにおける共産主義ブロックに対抗する「自由主義陣営」の絆の強化をアピール、米側を乗り気にさせた。安保改定は、一九五八年九月の藤山愛一郎外相とダレス国務長官の会談で基本的合意をみる。あたかも同年十二月、日本共産党を除名された学生活動家を中心に、安保改定阻止を当面の政治課題として、共産主義者同盟が結成されるのだ。

対米従属路線の強化という、旧左翼の改定安保の評価に対し、吉本は自立した日本独占資本の行く末に危機感を募らせる姫岡玲治（＝青木昌彦）ら共産主義者同盟の若きイデオローグに、理論的共感を示した（「戦後世代の政治思想」）。フィリピン、台湾、韓国そして日本－アメリカの極東戦略は、これら東南アジアの自由主義陣営の絆の強化によって、ソ連・中国の共産ブロックに対抗し、ドミノ倒し的なアジアの共産化を阻止することであった。吉本のニューレフトへの理論的共感は、日本の独占資本が、十分にその期待に答えられるだけの経済的実力を蓄え、米国との双務的パートナーシップを築きつつあったという一点においてであった。後に吉本はその政治的加担の動機についてこう語っている。

この反安保の運動は、社共や市民組織にとっては「反アメリカ愛国」がスローガンだった。全学連やわたしのような孤立したインテリは、まったくちがうようにかんがえていた。この日本－アメリカ安保条約改定は日本資本主義の社会が高度に発達して、その勢いがとめられないほどになり、アメリカと対等に、占領－被占領の意識なしに同盟しようとする最初の兆候だとみなしたのだ。この現実認識は全学連もわたしも近似していた。これはわたしが全学連に同伴した理由のひとつだった。あとはわたしがひそかに心のなかでつぶやいた言葉だが、この兆候に抗うことはたぶん日本の資本主義社会に抗いうる最後のチャンスであろうということだった。そしてこれは活気と希望に溢れた全学連の諸君にはわからないだろうが、四〇年代にアメリカに破れ挫折してきたわたしにはよくわかるとおもっていた。

——「七〇年代のアメリカまで」、『大情況論』

事実、岸首相は新安保条約調印直後のワシントンでの演説で、「この条約は、日米関係が対等かつ緊密なパートナーとして、国際平和と安全の維持の確立のために、単なる防衛協力にとどまらず、両国関係のあらゆる分野において協力を約束したものである」ことを強調した。毒を喰らわば皿までというわけである。

ところで吉本はもう一方で、この時期の反日共系左翼組織の台頭にも重大な関心を払っていた。共産主義者同盟の他にも、革命的共産主義者同盟（革共同）系の組織、第四インターナショナル系の組織も反戦、反スターリン主義を標榜する左翼過激派として相次いで旗揚げしていたからだ。共産党が唯一の前衛政党であるという常識は、暴力革命を志向するこれら反議会主義的な左翼諸党派の分立で、急速に色褪せてきたのである。

吉本は当時、島成郎書記長ら共産主義者同盟幹部に聴く座談会[1]「トロツキストと云われても」（『中央公論』六〇年四月号）で、そうした前衛的政治組織の台頭に関して、「明治維新以後初めての現象で、それも戦後にして初めて生れた現象」という破格の評言を用いている。戦前のプロレタリア文学との果敢な切断を試みた、優れて戦後的な左翼思想詩人は、そのような時代感覚によって、清水幾太郎などとともに反安保闘争の最前線に躍り出ようとしていたのだ。

川上春雄作製の年譜によると、一九五八年（昭和三十三）書肆ユリイカ発行の最初の『吉本隆明詩集』は、「やがて安保闘争の激化とともに学生、労働者などによくよまれ海賊版[2]の発行をうながすにいたった」という。

かつて「エリアンおまえは此の世に生きられない　おまえはあんまり暗い」（「エリアンの手記と詩」）という「呪詛の旋律」（江藤淳）を孤独に響かせた戦中派詩人は、おそらく彼自身の資質に反して、その「個人的な呪詛」を、「時代的な呪詛」（同）の色調に染め上げげつつあったのだ。精神の内在史を、内燃機関として、外部の現実に点火するようにして。反日共左翼の旗幟を鮮明にした吉本のパトスは、『転位のための十篇』に余すところ無く凝縮されていた。

●共振する受苦のパトス

「ぼくは拒絶された思想としてその意味のために生きよう」（「その秋のために」）という戦闘的マニフェストは、確かに「エリアンの手記と詩」の内向からの反転のエネルギーに満ちていた。あるいは、次のような詩の断片においてもそれは際立っていた。

ぼくはでてゆく
冬の圧力の真むかうへ
ひとりつきりで耐えられないから
たくさんのひとと手をつなぐといふのは嘘だから
ひとりつきりで抗争できないから
たくさんのひとと手をつなぐといふのは卑怯だから
ぼくはでてゆく
すべての時刻がむかうかはに加担しても
ぼくたちがしはらつたものを
ずつと以前のぶんまでとりかへすために
すでにいらなくなつたものはそれを思ひしらせるために
ちひさなやさしい群よ
みんなは思ひ出のひとつひとつだ
ぼくはでてゆく
嫌悪のひとつひとつに出遇ふために
ぼくはでてゆく

無数の敵のどまん中へ
ぼくは疲れてゐる
がぼくの瞋りは無尽蔵だ

ぼくの孤独はほとんど極限《リミット》に耐えられる
ぼくの肉体はほとんど苛酷に耐えられる
ぼくがたふれたらひとつの直接性がたふれる
もたれあふことをきらつた反抗がたふれる
ぼくがたふれたら同胞はぼくの屍体を
湿つた忍従の穴へ埋めるにきまつてゐる
ぼくがたふれたら収奪者は勢ひをもりかへす

だから　ちひさなやさしい群よ
みんなひとつひとつの貌よ
さやうなら

——「ちひさな群への挨拶」、『転位のための十篇』

宮沢賢治の詩的圏内にあった吉本が、まさに時代への反逆の翼を羽ばたかせた瞬間の詩がこれである。その「呪詛の旋律」が、さらに広範な学生層により特化される時代がその後再びやって来る。左翼的思想詩人・吉本隆明が、反逆的な時代の寵児として、世俗的マス・カルチャーの前景に浮上するのは、六〇年代の終盤に至ってからなのである。

もはや書肆ユリイカ版の『吉本隆明詩集』の時代は過ぎ去り、海賊版ならぬ普及版の『現代詩文庫　吉本隆明詩集』（思潮社）の詩的片言が、符丁のように飛び交う時代が幕を開けていた。それに飛びついたのが、この種の「過激」さと「難解」さの抒情的な結合に、何の思想的免疫力ももたなかった純戦後派の人口爆発世代だった。ことに全共闘系の一部学生は、まさに吉本的言説のなかで、学園紛争という束の間の政治の季節を通過したのである[3]。確かに教祖に祭り上げられた吉本は、煽動的イデオローグなどではなかった。その意味で両者の関係は、多分に一方的な熱狂に近いものであったかも知れない。

だが翻って、戦時期に吉本が〈死〉と交換できる名分として引き寄せた、「天皇」という表象と彼自身の関係が、まさにそのような一方的感情移入の扁差によって説明され得るものではないのか。日本的な、あまりに日本的な「自己否定」の方法としてのこうした対象への跪拝は、「祝祭」（festum）的時間の渦中、つまり祭のさなかにおける主体の政治的無（責任）化に帰結するしかないのだ。特徴的なのは、そこに見られる客観情勢と無縁な心情の内破（implosion）の受動性とその反転可能性である。それは「天皇」を思想的に無化しようとした吉本の対象への接近法と、批評的な対象処理の方法上の武器として逆接的に機能した。

彼にあっての批評的な想像力とは、常にその攻撃的パトスと一対の受動的「被視妄想」の強度により、対象への幻想《イメージ》を恣意的に増幅させた後に、それを如何に無化するかという方法につきるのである。例えば吉本が、マルクスという批評対象を選択するとしよう。そこで彼はまず、「マルクス危うし」という時代的な危機感を過剰に増幅させるところから、固有の批評言語の組織化を図るのだ。「天皇あやふし。ただこの一語が　私の一切を決定した」（「暗愚小伝」）という高村光太郎の身振りをなぞるかのように。

日本における戦後のマルクス主義（研究）および、全世界の左翼陣営を覆ったスターリン主義による歪曲から、「マルクスを救出」すること（『カール・マルクス』）。逆にこの心情の内破のモチーフが希薄になったとき、彼はマルクスを論じることの本質的意味を失うのである。六〇年代は、まだそうではなかった。吉本の「マルクス危うし」という切迫感が、その思想的救出・奪還という身振りを通じて、時代の突破口となる予感をなお孕んでいたからである。

そうしたパトス（受苦的情熱）の内破の萌しが、やがて戦後民主主義的な〈解放〉と〈平和〉の隘路への破壊作用を惹き起こし、「革命」という表象に憑かれた後続世代の思想的熱狂を予祝的に呼び覚ますことになるのだ。戦後的秩序への反逆のパトス、その内破の予感は、脱－時間的な「現在」の祝祭的な可能性を一挙に押し開く。現実そのものが、革命情勢といかに隔たっていようとも。否、そうであるほどにである。

この疑似祝祭的なハレの時間の開示に、「天皇」という一敗地にまみれた表象を逆説的に再導入したのが三島由紀夫だったとするなら、吉本隆明はやはり「革命」という表象を、現実の社会主義（「国家」）の否定を通じ、天皇制国家の共同幻想の暴露と並行する形で、否定神学的に焦点化したのだ。三島由紀夫が六〇年代以降、吉本の盟友・村上一郎の影響もあって、「恋闕」や「草莽」といった天皇と直結した浪曼的表象に、一方ならずのめり込んでいったのに対し、吉本隆明はひたすらそうした表象と距離を置くことで、国家の幻想的本質の暴露に理論的野心を燃やしたのである。

遡って吉本の戦時期の「天皇」への心情の傾きは、「恋闕」といった浪曼的精神の外爆発とは区別されなければならない。それは、優れて内向化された表象への予祝的跪拝であり、彼はそれによって「死」を正当化する心情の内爆発を体験したのだ。吉本は語るだろう。

> わたしの当時の〈天皇のため〉には、天皇個人の人格がどうであるかという問題はふくまれていなかった。また天皇が現人神であるということを、科学的に信じていたわけではない。ただわたしにとって、ひとつの〈絶対感情〉の対象がありさえすればよかったのである。
>
> ——「天皇および天皇制について」

こうして、天皇制の「神学」から知的に覚醒した吉本は、だがそこから「科学」ではなく、

「否定神学」の方に赴くのである。

吉本にとっての戦後が、〈解放〉とも〈平和〉とも無縁だったのは、彼がその熱く火照った内面を鎮め、戦争神経症の後遺症から回復するための荒療治に着手する時間を必要としたからだ。死者の時から甦った不死者は、象徴天皇制の「現在」とは直接的に無縁な、否、その起源への原理主義的な遡行によって天皇制を脱政治的に無化した書物『共同幻想論』を介して、六〇年代後半、〈解放〉と〈平和〉の擬制「民主主義」への反逆を開始した人口爆発世代の思想的教祖に迎えられることになるのである。その否定神学性は、吉本が天皇（制）を観念的には否定しつつ、その制度的な廃止についての思想的実践性への回路の設計を、事実上放棄していることにある。

三島由紀夫が死を賭けて、戦後というハレを失った非祝祭的な時間に、とりわけそのもとでの曖昧な民主的国家形態と象徴天皇制の欺瞞的癒着に反逆を企てたのに対し、吉本隆明の『共同幻想論』は、むしろ「性としての国家」（中上健次）のスキャンダラスな暴露によって、その可視化の理論的根拠を示した。

ただし、かくもアンリーダブルな本書が、若い世代の熱狂を誘ったその事件性は、一方で天皇（制）をめぐる吉本の否定神学が、その上に不可視の〈革命〉を幻視させる、形而上学的な強度の現出にあったのだ。

●市民的欲望の肯定と権力否定の論理――

さて、六八年という戦後ラディカリズムの歴史上記念すべき年に、『共同幻想論』を上梓した吉本は、程なくして同じ『文藝』誌上に、『情況』を連載（一九六九年三月号より一年間）することになる。聖なる国家の起源にまつわるスキャンダルを暴いた吉本が一転、世俗の真っ直中に降り立ち、ポレミックな論戦を開始したのだ。『情況』はいかにも吉本的に過激な前夜祭的言説が、ほとんど「芸」の域に達した感のある連載時評であった。

初回の「収拾の論理」では、のっけから丸山真男に噛みついている。[4] 丸山の嫌悪する「純粋主義」の末裔たる全共闘学生らが、お祭気分で東大法学部の丸山の研究室に乱入したのに対し、「君たちのような暴挙はナチスも日本の軍国主義もやらなかった」と口走ったことが、新聞報道されたのを捉えて吉本は、今度はこちらが口をひらく番であると凄んで見せたのだ。

吉本の丸山批判、さらには加藤一郎学長（当時）以下、機動隊の学内導入によって過激派学生を排除し、何とか入試中止の事態を避けようとした大学当局の責任者たちに対する批判の眼目は何だったのか。

端的にそれは、一般社会から隔絶したアカデミズムの敷居を隠れ蓑に、「戦後民主主義」神話に安住し、「戦争」という断絶をないものにしてきた学者たちの自己保身的言説の欺瞞性の摘発であった。これは「転向論」いらい一貫した、彼の思想的モチーフと言ってもよかった。

吉本隆明が華々しく論壇にデビューしたのは、初代全学連委員長・武井昭夫との共著『文学者の戦争責任』(一九五六年)によってである。ここで彼は、戦時期の「転向」を隠蔽しつつ、戦争責任を他者に転嫁してそれら文学者のリストを公表し、自らは「帝国主義戦争に協力せず、これに抵抗した」として、戦後いち早く「民主主義文学」の旗を掲げて再登場した日本共産党系の文学者たちを、戦中派の立場から思想的に告発したのである。

これが非転向を金科玉条とする、日本共産党無謬神話に対する吉本の放った第一矢であった。後に彼は「転向論」(五八年)において、戦時期の「非転向」自体をも、大衆から完全に孤立し、「日本の封建的劣性との対決を回避」したものとして否定的な評価を下したのは既述のとおりである。戦前の旧プロレタリア文学の、「戦後」における無批判的な相続を阻止せんとする吉本の一連の言説は、明らかに戦争による「戦前」と「戦後」の断絶を際立たせる意図に貫かれていた。

この断絶を喚起することで、戦中派吉本隆明は、戦後民主主義の名のもとに隠蔽された戦争を、あられもなく「露出」させたのである。そしてここでも彼は、ある種の神話作用によって視えずらくなった事態の本質を、スキャンダラスに暴くという手法を用いていたのだった。

丸山真男批判に話を戻そう。全共闘学生の祝祭的叛乱の片棒を担ぎながら、吉本がここで暴露しようとしたのは、アカデミズムという最後の聖域が、なお「戦前」と「戦後」の断絶に無自覚であるという否定しがたい事実だった。そこに「戦後民主主義」神話のアキレス腱があるとするなら、その神話剝がしのターゲットに、丸山真男および混乱の最中にある東大のエリート教授たちほど恰好のものはなかったはずだ。

この局面での吉本の戦略的な意図は、安田講堂に立て籠もり、やがて排除されることになる全共闘学生らの告発のスタイルと共鳴現象を起こすのである。吉本の以下の文章が、「文学者の戦争責任」問題での情念の内破の予感に満ちたアグレッシブなスタイルを、基本的に踏襲するものであることは疑いない。

大学の教授研究者にとっては、大学は学問思想研究の自由と設備が保証され、社会から「プレスティジ」のある地位として評価されることが必要にちがいない。そして大正期のリベラル・デモクラシイの思潮のなかで、この願望はある程度実現された時期があったのである。そして十五年戦争に突入する過程で、この虫のいい幻想はかれら自身の手によって、また政治的強制によって崩壊した。学生たちは動員されるか軍隊にかり出され、教授たちは思想的にまたは行動的に軍国主義に従属した。／敗戦によって思想的な二重底の仕掛けをとり払われたかれらは、戦場から、あるいは研究室に居据わったまま、一夜にして楽天的な戦後民主主義者に変貌した。そして学問研究の自由、思想言論の自由という、すでにかれらも手をかして葬ったはずの死滅した理念で、大学を復興できるものと錯覚したのである。学問研究の自由、思想言論の自由を葬った罪責は、すべて軍国主義の必然悪になすりつけられた。このとき、大学は、そして大学の担い手である教授研究者たちは、日本軍国主義の〈寛容さ〉に二重の負債を負ったというべきである。ひとつは、すでに死滅したはずの学問研究の自由、思想言論の自由という幻想を、大学の理念として復元したことによって、もうひとつは自身の手も汚して扼殺した学問研究の自由、思想言論の自由にたいする思想的な責任を、ことごとく軍国主義になすりつけて、そしらぬ貌をきめこんだことによってである。

——「収拾の論理」、『情況』

これがかつて「動員されるか軍隊にかり出され」た戦中派の、前世代のアカデミズムの貴種たちへの思想的意趣返しであった。その彼らが、大学紛争を「収拾」するために、無傷の「市民民主主義思想」によって、急進的な学生たちとの「思想原理的な対決」を回避したことを吉本はここで告発しているのだ。

ところで吉本が丸山真男を正面から批判したのは、実はこの時がはじめてではなかった。周知のように吉本には、『日本政治思想史研究』『現代政治の思想と行動』『日本の思想』の三主著に正面から向き合った『丸山真男論』（六三年）がある。当然にも吉本はここで、丸山がどう「戦争」をくぐり抜けて、戦後オピニオンリーダーとして立つに至ったかの思想的軌跡を、執拗に問題にしていたのだった。[5]

だがそのようにして丸山を「なぐり」(鶴見俊輔)、血路をひらいた吉本の攻撃的スタイルに盲点がなかったわけでは決してない。確かに昭和二十年の八・一五をもって、「超国家主義の全体系の基盤たる国体がその絶対性を喪失し今や始めて自由なる主体となつた日本国民にその運命を委ねた日」(「超国家主義の論理と心理」)であると、かなり上ずった口調で語った丸山は、「戦争」による断絶を隠蔽した進歩的知識人の最たるものだったかも知れない。ただそのことと、それを告発する吉本の「ラディカルな意志のスタイル」が、絶対革命主義を掲げて絶対現状維持に陥る「純粋主義」の弊を、免れていたという保証はないのだ。「大日本帝国の「実在」よりも戦後民主主義の「虚妄」の方に賭ける」(『現代政治の思想と行動』「増補版への後記」)と豪語した丸山真男の思想的選択に、少しでも理があるとするなら、それは反体制派の無自覚な「絶対現状維持」への転落の歯止めとしてであった。

しかし、連載時評『情況』で学生らの片棒を担いだ吉本隆明は、全共闘のアナーキズム的心性の優れて戦後的な機微をよく理解していたと思われる。それは彼が、東大紛争における非党派的な急進派学生の「感性的な要求」を、しきりに問題にしていた事からも明らかだろう。

そしてそれに対比されているのが、大学教授研究者の「人間的な感性」の遅れであり、その喪失であったのだ。この次元で吉本は、「市民的な欲望[6]」の肯定にも通ずるアナーキーな感性に就くことで、六〇年代後半以降の世界的潮流でもあった「脱政治化の政治」(汪暉)に加担していたと言うこともできよう。

ではその「市民的な欲望」の肯定と、現状の体制・権力の否定の論理は、どのように折り合いをつけられていたのであろうか。この難題に、早くも六〇年安保闘争の時点で答えていたのが、他ならぬ吉本隆明であった。しかも、アンチ丸山真男の文脈においてである。

丸山真男は、六〇年安保をピークとする戦後の市民民主主義運動を、次のように総括していた(「八・一五と五・一九」『丸山眞男集』第八巻)。すなわち、戦時期に天皇の「臣民」として組織されていた大衆は、戦後、二方向に分岐することになる。ひとつは、個的な権利、私的な利害の優先の原理を体得する方向、もうひとつはアクティブな革新運動に流れる方向に。前者に丸山が見たのは政治的無関心であり、後者に見たのが戦時期の滅私奉公・公益優先の意識の残存形態であった。そして六〇年の安保闘争こそ、この二方向に分岐した大衆の望ましい相互交通の拡大の可能性を示すものとされたのである。

これに対する『擬制の終焉』での吉本の批判のポイントは、丸山がそこで私的利害を優先する大衆の意識を、政治的無関心派として否定的に評価したことにかかっていた。逆にそれこそが、戦後のブルジョア「民主」の基底をなしているのであり、「そこに良き徴候をみとめるほかに、大戦争後の日本社会にみとめるべき進歩は存在しない」とまで吉本は言い切ったのである。六〇年代に顕著となる脱政治化のプロセスへの吉本の思想的加担は、この局面に前景化されるのだ。

六〇年代末の全共闘学生が示した左翼運動としての新しさ、私的自由、市民的欲望の肯定を、

「権力」によるその規制の排除という反体制的課題に接続させた脱政治的感性を、吉本はここで先取りしていたことになるだろう。たとい「絶対革命主義」が、「絶対現状維持」に反転する危機的な契機をそれが孕んでいたとしても。

見逃してならないのは、吉本隆明が「日本が貧乏だった時代の（最後の）思想家」（大塚英志の伝聞による福田和也の評言）などではなく、むしろ日本が貧乏でなくなった時代の大衆的欲望を、左翼的な文脈で肯定して見せた最初の思想家だったという事実だ。全共闘世代の思想的教祖は、その意味では、グラムシのいわゆる「伝統的知識人」に対する「有機的知識人」であり、専門化（家）に抗する「アマチュアリズム」（E・W・サイード）を代表《レプリゼント》＝表象するアウトサイダーだったのだ。

●脱政治化の言説

一九六八年の世界的擾乱の中で浮上してきた、欲望のアナーキズムはその後、フランスの思想家G・ドゥルーズとF・ガタリの二人組によって、さらに過激に左翼的な文脈で、脱政治的に〝公認〟されることになるのだ。それは市民的欲望を規制している現代資本主義に対する、最もアナーキーな反逆の思想に結晶していった。『アンチ・オイディプス』に表れたその資本主義批判のラディカリズムは、あらゆる規制の鎖を解き放った上での資本主義の肯定（＝アナルコ・キャピタリズム）と、紙一重のところにまでたどり着いたのだ。

資本主義自身の自己批判とは、資本主義そのものの中で解放され自由に現れようとしていたものを、資本主義自身が再び鎖でつなぎとめる種々の手法を批判することである。

——市倉宏祐訳『アンチ・オイディプス』

ここにもまた、ピュアな「絶対革命主義」が、容易に「絶対現状維持」に落ち込む罠が待ち受けている。だがところで、「資本主義は人類の歴史が無意識に生んだ作品としては、最高の作品」（「善悪を超えた「資本主義」の遊び方」）と語り、一方では「裏切り、転向したのは革命の党や政治的あるいは知的エリートであって、一般大衆ではない」（「世界転向論」）と語る吉本隆明は、無防備なほど「欲望」の資本主義の大衆的動向に忠実な思想家であったと言わねばならない。その彼にしてはじめて、「組織」内で「行動」する左翼に対する文化人の「疚しい良心」を、完全に払拭できたのだという言い方も可能であろうが。

「実践信仰」と「理論信仰」の二律背反と言えば、またしても丸山真男的なテーマになるが、吉本はもっと俗な言葉で、「やる」こと（実践）は、「考える」こと（理論）より大切だと言うのは誤りであるとしながら、何も行動しない埴谷雄高流の「永久革命者の悲哀」を、一貫して擁護してきた思想家だったのである。その数ある肯定の弁から、最新のものを引用しよう。

わたしが埴谷雄高さんに感心する点もそこにあった。あの人は花田清輝との論争のなかで、クモの巣のかかったような部屋に引きこもっていたって革命家は革命家なんだ、と明言した。そこまで言い切った人はいない。世界中にひとりもいないといってよかった。／社会主義政権をとっているところはたいてい後進国だ。「やる」ことが重要だと教えられている。埴谷さんは、クモの巣のかかった部屋でゴロゴロしていたって永久革命家なんだと言い切った。考えることが大事なんだと断言した。そんなことをいったのは埴谷さんが世界で最初だとおもう。／じっさい、からだを動かさなければダメだということはない。そうではなくて、考えることを構想する人が過半数を超えれば考えただけでも変わるのだ、この世界もこの国家も。

——『家族のゆくえ』

ここで問題になっている埴谷雄高のマニフェスト（「永久革命者の悲哀」）は、一九五五年当時、日本共産党の党員文学者であった花田清輝の文化的な左翼官僚主義に対する戦前の転向左翼・埴谷雄高の反撃だったのだ。因みに埴谷は、紛れもなく世界に先駆けた反スターリン主義の論客であり、ここでもその立場から、花田清輝の左翼教条主義の理論的硬直に挑みかかっていたのだ。

花田清輝よ。この長い歴史のなかには、組織のなかで凄んでみせる革命家もいるが、また、組織のそとでのんべんだらりとしている革命家もいるのだ。何処に？　日向ぼっこをしている樽のなかに。蜘蛛の巣のかかった何処か忘れられた部屋の隅に。そんなものは革命家ではない、と君はいうだろう。まさしく、現在はそうではないらしい。だが、それをきめるのは未来だ。ひとりの人物が革命家であるかないかの判定は、彼が組織の登録票をもっているか否かではなく、人類の頭蓋のなかで石のように硬化してしまった或る思考法を根こそぎ転覆してしまう思考法を打ちだしたか否かにかかっている。

――「永久革命者の悲哀」

大仰なレトリックを取り払って見るがいい。ここにあるのは、実は紋切り型に近い終末論的な「思考法」なのである。埴谷は純粋なアナーキストというより、最後の審判をひたすら信じ、無階級社会の到来する「未来」を信じて疑わない極左ロマン主義の虚人（＝「永久革命者」）にすぎない。吉本は今更のんびりと、かつての論敵を再評価している場合ではないのだ。何故ならこうした「思考法」こそ、典型的に「絶対現状維持」への頽落に無防備な「絶対革命主義」の残映なのだから。

埴谷雄高の六〇年代政治論の総括「革命の変質」（『革命の思想　戦後日本思想体系6』）は、「前衛」の思想的、組織的頽落を啓蒙的に印象づけたという意味で新鮮であった。革命運動の

「前衛方式」から「自立方式」へ、「中央集権的な組織論」から「無意識的なアナキズム」への過渡期と規定された六〇年代末にあっては。六〇年安保後の前衛党、新左翼の離合集散の中で、埴谷は吉本隆明の説いた「自立」思想を、とりわけ「頽廃への誘い」や「昼寝のすすめ」といった標語に圧縮された、実践運動を「やる」のではなく、「やらない」ことの思想的な意味に、一定の理論的根拠を与えたのだった。別の言い方をするなら、六〇年代における「脱政治化の政治」という、東西冷戦構造を不動のパラダイムとする過激にして反動的な言説の一典型として、埴谷の形而上学的レトリックは機能したのである。

ただしそれは、「前衛」党の神話が崩壊し、その権威失墜が常態化し、新左翼諸党派が不毛な〝内ゲバ〟に狂奔しはじめた七〇年代には、もはや安全な「絶対革命主義」の指標にしかすぎなくなるのである。未完なるがゆえに神話性をまとった埴谷のライフワーク『死霊』の黙示録的観念性は、その後、大西巨人の『神聖喜劇』の完成（一九八〇年）による「祝祭後《ポスト・フェストゥム》」的世界の「再－政治化」（汪暉）の起動によって、著しく相対化されたかに見える。〝吉本千年・埴谷万年〟などと言われた時代も、同様に色褪せた神話の彼方に沈み込んで久しい。そして今や、脱政治化の律儀な実践にすぎない偽史としての「六八年革命」説なるものは、敗北を知らない「絶対革命主義」の残党の空しくもマイナーな幻に過ぎないのだ。

では六〇年代ラディカルズの教祖・吉本隆明は、その時代的終息をどのように引き受けたのであろうか。一九七〇年の三島由紀夫事件、七二年の連合赤軍事件によって、六〇年代的ラディカリズムの終焉が確認されたのち、学生運動は全共闘的なノンセクトのアナーキズムから一転して、革共同両派（中核派、革マル派）に社青同解放派を交えた新左翼による凄惨な内ゲバ（殺人）の時代に突入する。もはやそうした左翼諸党派間の〝戦争〟に、吉本がコミットする思想的契機は何もなかった。

ベトナム反戦にも、成田空港（三里塚）闘争にも、沖縄返還闘争にも全くネガティブな評価しか与えなかった吉本隆明は、六〇年の安保闘争いらい、政治の現場からは完全に下りた思想家だった。ならばその思想的な影響力は、どのような形で保たれてきたのか。

一つには知識人－大衆の二元論的秩序の崩壊を、時代状況の中で改めて位置づけ、その後の知の課題を明瞭に絞り込むことで、彼は新境地を開拓していったのである。「戦後民主主義」神話の欺瞞を暴いた六〇年代的ラディカリズムの終焉、それは吉本にとっても他人事ではなかったはずである。何分彼は既成文壇、論壇にもアカデミズムにも属さない、一匹狼的な反体制派の知識人だったのだから。

戦後マルクス主義の退潮著しい中、論壇アカデミズムの主潮は、サルトルらの「実存主義」

から、レヴィ＝ストロースらの「構造主義」へとシフトしつつあった。「主体」の哲学は後退し、人間中心主義的な左翼ヒューマニズムは完全にすたれようとしていたのだ。その何れにも与せず、かつ「情況」への周到な目配りを放棄しない吉本は、時に思想的な綱渡りを強いられることもあった。

だからこそ彼は、高度経済成長路線の定着により、一億総中流幻想に包まれた七〇年代以降の、脱政治化の中での日本の大衆の「欲望」の動向を、精確にキャッチし、その「肯定」の上で「左翼」という概念のうちの死滅せざる残余を、厳密に〝自己管理〟する必要があったのだ。『ハイ・イメージ論Ⅰ』（八九年）で「映像都市論」を展開する吉本は、唐突にこんなことを反復脅迫的に述べたりもする。

> ただ左翼や進歩などというものは、泡沫としてしか存在しない。左翼とは何かを探しつつあるものだけが左翼なのだ。（ゴチックは原文）

かつて吉本の中心読者層だった団塊の世代が、企業の中間管理職の年齢層に達し、その左翼離れが自明のものとなりつつあった時点での発言である。すでにそれ以前から、吉本にとっての知の課題は、六〇年代的なラディカリズムからはっきりと離脱し、また当時、構造主義の理論の摂取に汲々とする主知主義者とは、およそ対極の形を取り始めていた。七〇年代半ばに刊行された『最後の親鸞』（七六年）は、この時期の代表的な著作と言ってよいが、そこで彼はある重大なマニフェストを発している。

> 〈知識〉にとって最後の課題は、頂きを極め、その頂きに人々を誘って蒙を開くことではない。頂きを極め、その頂きから世界を見おろすことでもない。頂きを極め、そのまま寂かに〈非知〉に向って着地することができればというのが、おおよそ、どんな種類の〈知〉にとっても最後の課題である。この「そのまま」というのは、わたしたちには不可能にちかいので、いわば自覚的に〈非知〉に向って還流するよりほかに仕方がない。しかし最後の親鸞は、この「そのまま」というのをやってのけているようにおもわれる。（傍点は原文）

こうして知の往路（往相）に対する帰路（還相）を、〈非知〉という言葉で思想的に確保した時、吉本隆明にとっての七〇年代的な課題が鮮明になってくる。『最後の親鸞』は一九七一年末に、山折哲雄を相手に「聞書」という形で始められた。その内容は、政治の季節が過ぎ去り、戦後的ないしは六〇年代的な知の解体が顕わになりつつあった「情況」に機敏に対応したものだった。

親鸞の言葉では、「往相廻向」に対する「還相廻向」となるが、吉本にとって往相に属する知の上昇過程は、放っておけばそうなる〈自然〉過程にすぎなかったのだ。そこで「世界」を獲得することが、最終の問題なのではないと吉本は語る。

そういう〈自然〉過程にとって、最終の問題は再びかえることとです。つまり、〈生存〉の最小条件しか思いめぐらさないで生きている、そういう人間像、あるいは、生活者の像というものがありうるとすれば、世界の遠くまで行った〈知〉というものが、それをつかまえられなければ、それ自体は、動物的生にしかすぎないじゃないか。つまり、これに知識を与えて啓蒙しなければならんと考えられているような、そういう生活者像というものを転倒して、それこそが人間の価値観の源泉になるんだという意味合いで、それに意味を与え、そして包括する、そういうふうに、人間の〈知〉とか〈理念〉とかがとらえ直せないならば、それはただ片道切符、つまり、それはただ〈自然〉過程を極限まで行ったというだけであって、それ自体なにものでもない。

――「『最後の親鸞』ノート」、『増補最後の親鸞』別冊付録

ここに吉本が、親鸞のいう〈還相〉という〈自然〉過程に対する帰路を重視し、あらゆる知的上昇願望と無縁に――太宰治への共感にも通じる――日常生活を営む大衆の「原像」を、〈非知〉へと至る行程の理念的「原点」として仮構する必然があったのだ。それを、六〇年代的なラディカリズムの終焉を見届けた吉本隆明が、改めて語っているのである。

「親鸞を論じながら同時に、じぶんの思想詩を書くことができたような気がする」(「『最後の親鸞』のこと」)と語った吉本は、六〇年代型の「進歩的知識人」の解体期でもあったこの七〇年代の主著で、宗教改革者が「宗教の解体」をも体現しなければならなかった、「中世の新仏教」の時代の知の課題を、親鸞に仮託して語っていたのだ。

さらに彼は、知識がたまたま〈信〉の形をとらざるを得ない時代の「僧侶」という、特異な知識人の極限の姿を親鸞に見て、その解体の思想的営為を、六〇年代以降の実践的知の課題と重ねてもいたのである。戦後の思想史にあっての、この決定的な思潮の変化をいち早く察知した吉本は、こうして七〇年代以降の時代に、辛うじて思想的に「延命」することが出来たのである。その際、七〇年代への思想的サバイバルの試金石となったのが、主知主義的な「絶対革命主義」の放棄であったことは論を俟たない。

●時代の転換点としての七〇年代

三島事件、連合赤軍事件を経て、六〇年代的な時代の熱気は急速に冷めてゆく。その直後に、吉本が何度も語る「昭和四八年前後の転換」(『大情況論』)が、敗戦から三十年近くを経過した日本社会に訪れていたのだ。昭和四十八年(一九七三)の石油ショック(原油価格高騰と供給削減)を挟んだこの時期から、高度経済成長を終えた戦後日本は、新たな戦後史の「現在」

に入るというのが、吉本の基本的な時代認識であった。〈往相〉から〈還相〉へ——〈知〉の課題もそうした複眼的思考に耐えるものに裁ち直さなければならないはずであったが、そこに戦中派・吉本隆明の深刻な危機意識が重なっていた。

われわれ戦中派は、七〇年代に完全に自滅・消滅してしまいました。その典型例は、三島由紀夫の市ヶ谷自衛隊での割腹自殺であり、ぼくらの仲のいい文学仲間だった村上一郎の自殺です。川端康成も自殺しています。川端康成は戦中派ではありませんが、やはり戦中派的美意識の人でした。もうひとついえば、グアム島から帰った下士官的軍人の横井庄一さん。かれは戦中派の応召軍人の意識をもちこたえられなくなって帰ってきたのだとおもいます。ルバング島で独り隠れのこっていた小野田少尉も、この時期に帰国しています。これらの事件はとても象徴的で、戦中派はこの時期、完全に土砂に埋められたといいたいほど、時代のうしろに消滅してしまったのです。 ——「一九七〇年代の光と影」、『大情況論』

にもかかわらず、なお吉本自身が余裕をもって、七〇年代以降も「まだ生き延びている」と語れるのは、〈知〉の往路だけではなく、そこを折り返した〈還相〉へのしたたかな想像力を鍛えていた自負からなのである。あらゆる〈知〉の解体期に、この帰り路が周到に準備されていない限り、「どんな抜け穴もすべて社会から塞がれてしまったという感覚」（同）が時代を蔽う中、もはや命を捨てて理念を貫徹するという、特殊戦中派的な思考様式および行動様式は、六〇年代的なラディカリズムの終焉とともに「自滅するほかなかった」のである。

三島由紀夫が割腹自殺を遂げた一九七〇年十一月二五日は、ちょうど吉本隆明の四十六歳の誕生日に当たっていた。[7] そこで吉本はつくづく、命がけの〈思想は死んだな〉という思いに捉えられたというのだ。七二年の連合赤軍による浅間山荘での警官隊との銃撃戦が、さらにその思いに拍車をかける。事は戦中派の自滅といったことに止まりはしなかった。それはかの六〇年代的ラディカリズムの担い手であった「団塊の世代」の尖鋭たちにとっても、[8] 同様の試練だったのである。

一九七〇年代前半に起こった決定的時代転換、吉本は「七〇年代に世界的な意味で眼にみえぬ戦争が始まった」（同）と比喩的に語るのだが、一歩踏み込んでそれは、冷戦に代わる何事かみえない「戦争」のはじまりの予感だったのだ。事実ドル・ショック、石油ショックは、冷戦構造の恒久化の基盤そのものを掘り崩すような事件だった。

こうした急激な時代転換を通過しつつあった時期に、従来の「思想」や「文学」が、無傷で延命できる保証などありはしなかった。その危機を捉えて吉本は、「日本の知識人にはもはや物語が創れなくなった」と断定的に語っている。そしてその典型が、「冷戦」の申し子のようなベビーブーマー、すなわち「団塊の世代」だと言うのである。この世代の政治的尖鋭たちは、例えば「政治と文学」のような旧態依然の問題構成から解放され、一見アナーキーな「感性」

の自己主張を開始した。だがそれが、高度経済成長下の「市民的欲望」に忠実な、「脱政治化」という新たなパラダイムの拘束の枠内にあった以上、吉本の言う「物語」の喪失（それを逆接的テーマに饒舌な擬似物語を大量生産したのが村上春樹である）は自明だったのである。

各人がどのように個性的であろうと、それが個々人の内面の物語なら別ですが、外界の政治的・社会的物語であるかぎりは、どんなところから始まっても、結局それはソビエト的な体制にシンパシーをもって終わるか、アメリカ的な動向にシンパシーをもって終わる物語でしかありません。つまり、団塊の世代の人たちは、結局は最後はどちらかに偏《かたよ》るような社会的・政治的物語以外、何も創れなくなったんだとおもいます。──同

吉本を捉えた「物語の終焉」の予感は、七〇年代に実現された「貧困」の解決と時代的に切り結んでいた。しかも、それを成し遂げたのは、社会主義ではなく資本主義だったことを彼は強調する。したがって、新たな「物語」の再創造のためには、冷戦構造自体を掘り崩すような、再‐政治化へ向けた未曾有の戦略が必要だったのである。

高度経済成長期の「物語」の後に、ポスト六〇年代的な「反物語」はいかにして可能か。吉本のここでの問いは、「左翼」抜きの非暴力「革命」の条件を、「団塊の世代」に託した上でのものであるが、そのためには、市民的「欲望」の肯定だけではない、彼ら自身の脱‐市民民主

主義的な価値「転倒」（再－政治化のプロジェクトへ向けた）が必須の条件になってこよう。

●反物語的な転倒をめぐって

そのための、意識のなかの、知識のなかの、そして政治のなかの反物語的な「転倒」について、吉本は次のように語っている。すなわち、「知識は非知識よりも優《まさ》るとか知識人が非知識人を導くというようなかんがえ方は、絶対に転倒されなければいけない」し、また「一般大衆が政治的政党の綱領に導かれていくこともまた転倒されるべき」であると。

翻って吉本隆明が、このような「転倒」の必要を語ったのは、『最後の親鸞』にとりかかった七〇年代が初めてではなかったのだ。それを遡る約十年前、六〇年安保闘争の敗北を受けた左翼陣営の混迷を背景に、彼は次のようなことを語っていたのである。左翼的な知の往路に対する帰路を射程に入れた、「前衛的なコミュニケーション」論として。

吉本によれば、日本の「前衛」的コミュニケーションは、つねに労働者や大衆のなかの、コミュニケーションを待っている何かに向って一方向的に放たれ、コミュニケーションの伝達されない、あるいはコミュニケーション自体を拒否する生活実体へ向って放たれることはなかった。

しかし、おそらくこの逆型のコントラ「前衛」的コミュニケーションがありうるはずである。それは、コミュニケーションを拒否する大衆の生活にむかって、その生活のほうへつき放し、その方へ組織化する方法である。

——「前衛的コミュニケーションについて」、『擬制の終焉』

もし労働者に「前衛」をこえる方法があるとすれば、このような「前衛」的なコミュニケーションを拒否して生活実体の方向に自立する方向を、労働者が論理化したときのほかはありえない。

——同

この六〇年代初頭における「革命の課題」(それを吉本は、従来型の「前衛的コミュニケーション」に対する脱政治化のプロジェクトとして先駆的に語っていたことになるのだが)は、日本の戦後が高度経済成長を達成し、国民の総中流意識が浸透した九〇年代に至り、改めて「団塊の世代を中心とした一般大衆が歴史の主人公になる社会」のヴィジョンとして語られるようになるのだ。いずれにせよそれが、再‐政治化の契機を欠く以上、「革命の課題」としての実践性をもち得ないのは当然だった。

彼ら戦後の人口爆発世代が、「その日常生活意識をとことんまで意識化」(『大情況論』)したときに、いかなる党派のイデオロギーとも無縁な非暴力「革命」が、貧困を解消した脱戦後・

脱政治化のプロセスの延長上に実現されることは果たして可能だろうか。その必須の条件は、一億総中流幻想という「物語」を超えた〝豊かさ〟の「転倒」であり、反「物語」的な価値設計という難題であろう。だが吉本が、具体的に彼らの実践的な価値「転倒」の成果として語っているものは、そうした「革命の課題」からは、ほど遠い何かでしかないのだ。

●戦後思想の「外部」の消滅

一九九〇年に至り「一九七〇年代の光と影」(『大情況論』)について語りはじめる吉本隆明は、連合赤軍事件にも三島事件にも、そして団塊の世代についても言及しながら、それら二つの事件とこの世代を繋ぐ「戦後民主主義」のリミットに、うまく思想的な通路を付けられていない。彼の言う「命がけの思想」は、三島事件の後に戦後世代によって最悪の形で反復され、さらにそうした反復強迫的な「死の欲動」は、オウム・サリン事件(九五年)において、「同志」ではなく一般の「市民」へのテロに転化されるまでに至ったのだが。

その思考的欠落は、戦後民主主義の「外部」への幻想を掻き立てながら、共産党を批判し、護憲派の社民勢力に時に侮蔑的な視線を送ってきた吉本の盲点ではなかったか。冷戦の終結、そして湾岸戦争以降、戦後民主主義の「外部」を確保できなくなった彼は、あからさまに「護憲」色を強めていく。それは昭和の終焉によって、最終的に天皇が憲法の「内部」に封じ込められたこととも相即の事態だった。そうであればこそ吉本は、憲法第九条の理念を全面的に擁護しつつ、なお「護憲」という言葉を拒否せざるを得ない。「護憲ですと、天皇は国民の象徴であることを認めることになる」(「自衛隊「合憲」論の歴史的犯罪」、『情況』九五年一月号)からである。だが、「憲法第九条は世界でピカイチに良い」(同)と言いながら、「護憲は自衛隊合憲を含んでしまう」からと口を噤むだけで、「平和憲法」の特殊日本的な扁差に則した再-政治化に一切コミットしようとしない吉本は、六〇年代的否定神学にしがみつく脱政治化のイデオローグと言うしかない。そのことをいち早く強く印象づけたのが、六〇年安保世代に属する柄谷行人の登場である。その画期性を、かつて月村敏行は、「高度成長下の感性」という的確な表現で捉えている。

ただし、その新しい時代感性は、例外的に冷戦構造の基盤を掘り崩し、「私的自由」や「市民的欲望」を価値の中心に置いたはずの全共闘が切断しきれなかった、戦後民主主義的な感性の尻尾を、完全に断ちきったのである。具体的にそれは、「内向の世代」[9]を代表する古井由吉の文学に、六〇年代の政治的熱狂の陰画を見、それによって高橋和巳と全共闘的ラディカリズムの癒着の無効を宣言するというような再-政治化の方法意識において際立っていた。あるいは彼が次のように戦前と戦後の断絶を語るとき、その問題意識は吉本隆明とは微妙に、だが決定的に異なっていたのである。

たぶん敗戦はほとんどすべての日本人をこのように「解体」したはずである。昨日と今日とで考え方の隅々まで切り換えねばならないようなとき、ひとが「解体」せずに済んだとしたら、それは「母親」のように生活に根をおろし生活に追いまくられていたからにすぎない。ほとんどの日本人はこの時点で自己の連続性を失い、しかも失ったことをろくに意識しなかった。この非連続性《ディスコンティニュイティ》は、進歩と新生という名分によって肯定されたし、また多くの戦後文学者（転向左翼）は戦前と戦後をつないでしまうことで、このような不連続による解体を黙殺し見かけだけの連続性を仮構しようとしたにすぎなかった。

——「閉ざされたる熱狂　古井由吉論」、『畏怖する人間』

そのことを、「共産党」や「前世代の詩人たち」への思想的怨恨と無縁に、「高度成長下の感性」によって宣言する柄谷行人は、六〇年代的ラディカリズムに飲み込まれるように、『わが解体』を書いて文学的に「玉砕」した高橋和巳の脱政治的革命幻想を痛烈に批判する。

戦前・戦中と戦後を分断する不連続層に無自覚なまま、観念的ラディカリズムを肥大させた高橋の「文体」を、彼は「プロレス記事まがいのもの」とさえ呼んだ（「高橋和巳の文体」、『畏怖する人間』）。飢えから漸く解放された戦後の知的大衆のノスタルジーを掻き立てるように、「絶望」「荒廃」「悲惨」「怨念」といった空疎な文学的記号が、高度成長下の現実に無防備に投げ出されたことへの、柄谷の感性的な反発であり、記号的秩序の再‐政治化へ向けた止めの一撃である。
それは、「政治と文学」という旧来の二元論的パラダイムの終焉を告知する象徴的な「宣言《マニフェスト》」だった。ここで、高橋和巳的なるものの息の根を止めたのが、団塊の世代ではなく六〇年安保世代に属する柄谷行人であったことは、特に注目に値する。この批判が現れた一九七一年、すなわち三島事件の翌年、六〇年代ラディカリズムを主導した全共闘と「永久の自己否定者」(柄谷の高橋和巳評)の文学、さらには高橋を介した戦前の転向左翼・埴谷雄高の「永久革命」幻想とを繋ぐ「情念のコラージュ」(橋本治)は、一挙に清算されたと言ってもよかった。「内向の世代」の批評家のレッテルを貼られた柄谷行人は、当時、まさに「高度成長下の感性」で、六〇年代の日本社会の決定的変貌と文学の関係を次のように捉えていた。これはそれまで時代的に「異端」の位置にあった、特権的カルチャーの解毒化、時代的な「受容」＝「解体」をめぐる最も早い時期(七一年)の本質的思考である。

三島由紀夫を受けいれはじめたのは、六十年代の社会である。それは彼だけではない、吉本隆明や埴谷雄高らをも急激に受けいれはじめた。恐るべきことは、彼らのような「地下室」の思想家を陽の当たる場所に引きずり出したことではない。それと同時に、精神の「闇」そのものを根こそぎのみつくしてしまったことだ。ありていにいえば、六十年以後の思想・文学状況は、それまでの地下室の思考を遺産として売り喰いしているにすぎない。

――「自然的なあまりに自然的な……」――精神の地下室の消滅」、『畏怖する人間』

古井由吉ら「内向の世代」の作家たちが、精神の「地下室」ではなく、風土的な意味を含めた「地下茎」から言葉を汲み上げようとしだしたのはこの時である。「内向化」とは、高橋和巳以上に時代の変化に鋭敏だった彼らの、いわば文学的緊急避難だったのである。因みに、七〇年代に登場する中上健次の作品世界である「路地」は、彼ら「内向の世代」によって見出された「地下茎」にも繫がっていた――「蓮池を埋め立てさながら蓮の花の園を足の下に敷くように」(『千年の愉楽』)でき上がった「路地」――のである。三島由紀夫を「死」に追いつめたものとは、そこで非情にも更新された戦後の「闇」、柄谷的比喩を借りるなら「地下室」と「地下茎」の決定的差異だったのである。

「三島美学」と呼ばれるものが、文学的記号として流通するためには、闇市的な「市場」が不可欠だった。「羊羹を売っていますといって、じつは青酸カリを売っている」という、往年の三島の余裕は、そうした精神の「隠匿物資」(江藤淳)を売りさばく戦後的な〝闇市〟なしにはあり得なかったのである。

「内向の世代」の登場は、そうした戦後の終焉、六〇年代的な脱政治化の完結を自明の前提としていた。「地下(室)」とは逆に、「地下(茎)」へ――。七〇年代の初頭に古井由吉論(「閉ざされたる熱狂」)を書き、同時に無名時代の中上健次にいち早く注目した柄谷行人が、「高度成長下の感性」で、六〇年代以後の批評世界をリードしたのには、確かに必然性があったのだ。

吉本隆明はその出鼻を挫くように、柄谷を名指して、「わたしは戦術や小才だけで、文学の世界をわたりあるく文学者の失墜を信じて疑わない」（「情況への発言（一九七四年三月）」）と罵倒した。だがこうした強迫的言辞に臆することのない批評的感性が、七〇年代に吉本隆明的批評の圏内から「自立」し得たとき、日本の戦後は三島事件をリミットにして、全く新たな段階に入ったということが出来るのである。「近代的自我の模造品」（三島）ではなく、また社会化した「私」という小林秀雄的なパラダイムをも超えて、より普遍的な「個体性という契機」（柄谷）によって。

そして一九九一年、柄谷行人とその盟友で団塊の世代の先端に属する中上健次までをも含む文学者の湾岸戦争反対署名が、吉本隆明の頭越しに行われたとき、「戦後民主主義」ないしは「戦後思想」は、啓蒙とそれへの反逆の時代を経て、最終的にその幻想的外部を失い、リミットとしての憲法第九条を突出させたまま、さらなる世界史の新局面に投げ出されることになるのだ。それが再‐政治化のためのプロジェクトの第一弾であったかどうかは、ともかくとしてである。

●一九八〇年代への前哨

ところで、冷静の終結に象徴される八九年以降の前史として、猖獗をきわめたバブル経済があり、その崩壊という八〇年代のアポリアがあったことを忘れてはならない。これら一連の経済事象の背後には、G5によるプラザ合意（八五年）、すなわちドル高修正のための為替市場への協調介入強化による「円高の容認」という、戦後日本を脱政治的に〝祭り上げる〟一連の国際的コンセンサスがあった。八〇年代のポスト・モダンブームは、それと切り離せない〝文化的バブル〟現象として、政治（問題）から一見遠く離れて生起したのである。

その直前に当たる八〇年代前半における吉本隆明の批評的実践は、『空虚としての主題』（八二年）や『マス・イメージ論』（八四年）といった著作に見られるように、それまでとはかなり様変わりしていた。はじめて本格的な文芸「時評」に手を染め、またカルチャーとサブカルチャーの脱・イデオロギー的な融合に、一人の思想家として、時代的な折り合いを付けようという意図が、そこから垣間見える。ここで吉本が嫌悪感を顕わにして、身を引き放そうとしたのは、「左翼」的理念によって保証された（と誤認している）時代錯誤の「正義」であった。

明らかに吉本は、国連の軍縮特別総会とも連動した、「反核」という新たな翼賛体制（具体的には八二年の中野孝次らを発起人とする「文学者の反核声明」運動）の出現に、戦時期、体制翼賛会に吸収された「文学（者）」の末路を重ねていたのである。そうした薄められた「左翼」理念の最終的解体のためにこそ、『マス・イメージ論』での吉本は、「異文化としてのサブカルチャー」（レイモンド・ウィリアムズ）を、党派的な理念の対極にある表象として、肯定的に召喚するのである。だがその試みは、吉本にとってこれまでのような負けるはずのない戦いではなかった。それは前世代の既成「前衛」を、「下から、後の世代からつきあげる勝負」（谷川雁）ではなかったからだ。

かつて戦時下における文学だとか、大政翼賛下における文学だとかいうものを存在させたように、一群の文学者たちは現在「核情況下における文学」などというものを存在させてしまった。そんなものが存在するかのように振る舞い、そんなものが存在するかのように画策した一群の文学者たちは、そのことでまったく「現在」から退場していったのである。この本はただ文学の情況下にあるだけだと、わたしも単独で宣明しておきたい。わたしが「現在」にあるかぎり、ふたたびかれらと出会うことはないであろう。この本はほんとは深刻で難しく、暗い本だが、明るい軽い本として、読まれなければ本としては、その分だけ未熟で駄目なのだとおもう。別のいい方ですれば、取扱われている主題が、それにふさわしい文体や様式を、まだ発見してないことを意味しているからだ。

——「あとがき」、『マス・イメージ論』

何やら一連の脱政治化プロジェクトの総仕上げのような「宣言《マニフェスト》」である。後に吉本隆明は、ここからさらに一歩踏み込んで、「『資本論』と『窓際のトットちゃん』とをおなじ水準で、まったくおなじ文体と言語で論ずべきだ」(「重層的非決定へ」)とまで主張し出す[10]。どうやらそれは、「革命」の主要な課題が、すでに社会主義国や第三世界ではなく、「先進資本主義体制の世界史的な「現在」と「未来」の在り方の問題に移った」(「政治なんてものはない」)という、八〇年代半ばの情況認識の軌道修正に見られる、吉本隆明の焦燥を反映していた。

だが、時代は吉本の考えとはおよそ別の意味で脱政治的に、左翼的理念の終焉の時を刻み続けていた。ベルリンの壁崩壊から、ソヴィエト・ロシアの解体による東西冷戦の終結に到る八〇年代末の世界史の急転によって。

●市場化する巫女たちの性と表現

一九七七年の『初期歌謡論』、翌七八年の『戦後詩史論』は、吉本隆明の七〇年代を締めくくる「詩学」の集大成であった。ここから彼は、日本的ポスト・モダンの前夜を彩る、八〇年代のサブカルチャーと、個別に向き合っていくことになる。注目すべきは、吉本隆明がこれ以降の「大衆社会化情況」のさらなる進行、あるいは文学のサブカルチャー化に対して、江藤淳のように「純文学」の擁護に立った上での否定的評価にいっさい加担しなかったことである。『マス・イメージ論』では例えば、「三人女流の詩」(望月典子、伊藤比呂美、井坂洋子)が、中島みゆき、松任谷由美という二人のシンガー・ソング・ライターの詩と比較されている。まずは、前者についての吉本隆明の評価から。

男性の位置に代って、男性でなければ異性にもつことのなかったエロスの気ままな欲求が唱われ、男性でなければ表白できなかった異性への狂暴な殺意が語られ、また男性でなければもてなかった異性を奪いあうものの動物的な欲望が語られる。それは現在のいちばん切実な神話のひとつだ。この三人の女流の詩には、すこしも無理な姿勢は感じられない。女だてらにとか女のくせにといった反感は感じようがない。いわば〈ほんとにできている〉といった感慨をともなってくる。現代詩（ということは詩歌の歴史ということだが）はこれらの女流詩人たちの作品ではじめて、その女性の場所にたどりついている。［略］／［略］現代詩の世界は、少数の個性がひとりでに実現した場合をのぞいては、これらの女流詩人たちが使っているような言葉をもたなかった。それは伝統的な現代詩がもっている〈閉じられた言語系〉にたいして〈開かれた言語系〉によって、はじめて表現されている。やさしくいえば、はじめて〈裾をひらいた〉言葉によって詩が書かれている。［略］ここにあるのは風化でもないし弛緩でもない。むしろ現在かかれている現代詩のなかでは、いちばん緊迫した、ラジカルな表現に属している。それでいてここで使われている言葉は開かれた言葉なのだ。開かれた言葉は、じかに対象や事象にぶつけることができる言葉を意味している。装飾することが高度だという価値感を拒んだ言葉だといえる。

——「喩法論」

これらの歌い手たちの詩は、いずれも若い現代詩としてすぐれている。またこれらの詩をすぐれていると評価するために、ことさら膝をくずしてみたり、基準を甘くしてみせたりする必要はない。つまり掛値などなくてすむものだ。これらがすぐれているとみえず、甘く幼稚だという評価がありうるとしたら、そちら側の言語感覚を疑ったほうがいいのだ。

——同

現代詩は言葉で虚構の舞台をつくったり、聴き手たちと合作したりしなくても、もともと話体の詩を存在させてきた。話体に発祥する詩は、舞台を仮構したり、物語をつくることを必要な条件にしたわけではない。ただ話体で語るかぎり詩は〈共同体〉の意識の水準が、どこかで想定されているというだけだ。現在ではたぶん〈共同体〉じたいの崩壊のため、共同の意識の水準を、詩の背後に想定するわけにはいかない。それでも話体の詩が書きつがれているとすれば、どんなかくされた象徴があるのか。そこでは舞台を仮設して瞬時に成り立つ共同性が問題なのではなく、潜在的に想定される意識の共同性を、背後に沈めたまま、詩の言葉がどう振舞うか、そしてそれが何を意味するのかが問われるのだ。

——同

吉本が言おうとしていることに、疑問の余地はないだろう。彼はここで、共同体の規範や秩序の崩壊の後に登場した、詩の言葉を操る、あるいは同じ水準で、詩に歌を与えられるシャーマンの機能について語っているのだ。八〇年代の「大衆社会化情況」に即して語られるべき、新たな「巫女論」(『共同幻想論』)として。それを彼は、三人の女流詩人と、二人の代表的シンガー・ソング・ライターに託して、語り出そうと模索していたのだ。

「〈巫女〉は共同幻想を自己の対なる幻想の対象となしうるものを意味している。いいかえれば村落の共同幻想が、巫女にとっては〈性〉的な対象なのだ」と語られた、あの名高い「巫女論」を、確かに吉本隆明は、八〇年代的な位相で、それぞれの作者の個性の差異とは別の角度から、いわば時代の無意識の側から、語ろうとしているように見える。

八〇年代の日本文化は、確かにこうした巫女たちの果たした時代的な役割を抜きには語れない。「潜在的に想定される意識の共同性を、背後に沈めたまま、詩の言葉がどう振る舞うか」——それもまた、「現在」という巨きな作者のマス・イメージが産みだしたものの一つに違いなかった。引用した「喩法論」が、八〇年代のもう少し後に書かれていたら、彼はこの「巫女論」の新ヴァージョンを、フェミニズムとは逆に〈裾をひらいた〉『ルンルンを買っておうちに帰ろう』の林真理子や、全共闘的な「男の子」のアジテーションの後に、「女の子」による七五調の口語的な復活を印象づけた『サラダ記念日』[11]の俵万智に託して語ってもよかったかも知れない。あるいはここに、太宰から「泣くに泣けない妙にわくわくした気持ち」を隔世遺伝的に受け継いだ、『キッチン』の吉本ばななを加えても、何ら不思議ではなかっただろう。

　これらの存在は、ただ共同体的な規範と秩序の崩壊の後に来る異能者であったばかりではない。彼女たちは、一九七二年の連合赤軍事件の後までもなお燻っていた七〇年代的なラディカリズムの痕跡が漸く潰えたその時に、感性の自己肯定に目覚めたシャーマンとして、時代に召喚された新しい書き手だったのである。「自己否定」などという全共闘のスローガンは、彼女たちの怖れを知らぬ「自己肯定」によって、最終的に葬られたに等しかった。

　しかもこうした八〇年代型シャーマンたちの登場は、『構造と力』（八三年）の浅田彰や、『チベットのモーツァルト』（同）の中沢新一の登場によるポスト・モダンブームと裏腹の時代現象だったのである。それもまた、「現在のいちばん切実な神話のひとつ」に違いなかった。

　いずれにせよ、共同体的基盤を掘り崩された男性中心的な「文化」が、ことごとく時間的に消費される「シミュレーション」（ボードリヤール）の世界に転落し、イデオロギー的な脱色を被りつつあった脱政治化の時代に、シャーマンたちの凄まじい「自己肯定」は、共同体崩壊後の「液状化社会」におけるリアルな〈性〉の自己表現として、市場に流通しはじめたのであった。

　かくして同時多発的に出現した、これら市場化能力にあふれた巫女たちの八〇年代は、戦後ラディカリズムの衰微を尻目に、猖獗をきわめることになる。新たなる時代の巫女たちは、「共同幻想をじぶんの対なる幻想の対象にできるものを意味する」のではなく、対幻想のリアリティから、共同幻想の仮想現実性を、きれいに剝離させたものを意味するようになった。そうして、あられもなく〈裾をひらいた〉巫女たちの自己肯定的な言葉の身振りは、円高ニッポンの〝バブル文化〟の妖気を象徴してはいなかっただろうか[12]。

そしてこの現象は、同時代の未成年「少女」たちの裾を文字通りひらかせた、〈性〉の市場化可能性（marketability）の開眼とも通底していたことを忘れるべきではない。七〇年代のウーマンリブ運動以後の「女の時代」は、消費社会にのみ込まれ、そのように脱政治的な方向に崩れていったのだ。詩人・吉本隆明がこの頃、初期以来詩的に特権化してきた「少女」（あるいは「娘」）という表象と、最終的に訣別することになったのも偶然ではなかった。

吉本の初期の詩に反復的に現れる、「革命」と「少女」との主題的関連に注目したのは、絓秀実（「「少女」とは誰か？　吉本隆明小論」）であった。だが吉本が、「現在のいちばん切実な神話のひとつ」を、女流詩人（＝成人したシャーマン）が〈男性の位置にとって代って〉という暗喩をもって語ったとき、戦後「革命」との拮抗関係を生きた詩の中の「少女」は、おそらく表象不可能な対象になっていたのである。それは脱政治化のイデオローグであった吉本隆明の詩的自己解体を意味したはずであるが、同時に彼はそれを代償に、自らの資質的〈病〉を慰藉すべく、「母」なるものの方へと赴いてゆく（『記号の森の伝説歌』）のだ。

そして「恋」と「革命」の詩人でもあった吉本隆明が八〇年代に至り、反動的な、あまりに反動的な巫女たちをかくも寛容に受容したとき、彼の思想的な「原基」でもあった「大衆の原像」も、マス・イメージの中に拡散を余儀なくされることになるだろう。それが吉本隆明にとっての、脱政治化のプロジェクトの「完成」だったのである。

宮沢賢治や太宰治といった「北方」系の詩人や作家に、幾度となくオマージュを捧げてきた吉本は、八六年の詩集『記号の森の伝説歌』ではじめて、エディプス的世界と和解するために自らのルーツである九州・天草に遡り、さらにその「南方」を、切実に母性的なものの初源の記憶として呼び覚まそうとしているかに見える。ライフワーク『心的現象論』を未完に終わらせた吉本隆明は、自らの詩的世界を、そのようにして完結させたのだ。九〇年代に入っての最後の理論的著作である『母型論』（九五年）や、『アフリカ的段階について』（九八年）が、そうした「起源」への回帰のモチーフに繋がっていたことも間違いなかった。紛れもなくそれは、資質的〈病〉の最深部をまさぐる「最後の吉本隆明」の姿だったのだ。

●無限遠点へ

ではその時、吉本思想の「原基」であった「大衆の原像」は、具体的にどのようなイメージの中に拡散していったのであろうか。

七〇年代当時、「〈大衆の原像〉を織りこんだ〈開かれた〉共同性」（「思想の基準をめぐって」、『どこに思想の根拠をおくか』）ということを、しきりに強調していた吉本隆明は、そこで〈自己の生活圏から行動においても思考においてもでてゆかない存在〉＝「大衆の原像」を、最終的に「国家を〈棄揚〉する」ための価値転倒の「原基」に据え置いたのである。

そのイメージとしての大衆が、従来の知識人主導の「前衛的コミュニケーション」から解放され、「自己の生活圏を下降する方向」を課せられたとき、吉本の言う「〈開かれた〉共同性」は、何より脱政治的に開かれていたことを意味するのだ。八〇年代に至ると、一億総中流社会の幻想性を暴くのではなく、それを「日本の現在の社会のイメージ」（『大情況論』）として肯定的に受容した吉本にとって、「大衆の原像」とは、まさしく六〇年代以降の大衆の脱政治化のための思想的「原基」でもあったのだ。

さらに九〇年代に入ってなお、「日本における革命の可能性」（『わが「転向」』）について語り続ける吉本の言説が、俄に強度を欠くようになるのは、端的に「大衆」の再－政治化へ向けた回路が遮断されていたからである。

吉本による「大衆」の脱政治化は、ランドサット衛星の映像を手掛かりに、無限遠点の宇宙空間からの「世界視線」なるものの仮構によって最終的に完了することになる。そこで「大衆の原像」は、「ハイ・イメージ」化された「都市像」の中に解消される。「世界視線」とは、「国家」という「共同幻想」をも一挙に無化する新たな視点であり、「大衆の原像」のさらに高次化され、政治的に脱色され、地上的な規範を超越した聖なる無意識のことでもあった。この超越論的な視点により、国家の共同幻想性を脱政治的に「都市像」に還元する無限遠点からの透視図を、吉本はランドサットの図像を手にするよりずっと以前から温めていたはずであった。

私見によると彼は、そのパースペクティブを、宮沢賢治の童話世界から得ていたのである。八〇年代末の『ハイ・イメージ論Ⅰ』で、吉本は宮沢賢治の作品世界に現れる架空の場所「イーハトヴ」を、ひとつの「人工都市」＝「ドリームランド」として語っている。そして、「このドリームランドは、世界視線のうえに構成されている」（「人工都市論」）ことが強調される。こうした発見は、遠く七六年の「宮沢賢治論」（『悲劇の解読』）にまで遡ることができる。

そこで吉本は、「鳥瞰図のように視わたせる架空の視点」をその作品世界に発見していた。さらに七八年の「賢治文学におけるユートピア」（同）では、「宇宙の彼方から撒布されてくる宇宙線」や、「無限の遠方にある眼」といった表現が用いられるようになる。そうしたイメージを、吉本は賢治的世界の「死後のユートピア」、さらに言えば大乗仏教における浄土のイメージと重ねて語っていたのだ。ランドサットの図像を手にする以前にである。

おそらく吉本の無意識はここで、宮沢賢治の無菌的童話世界が、危機的にファナティックなユートピア思想の脱政治化によって成り立っていることを隠蔽しつつ、「科学の果ての宗教」を、かつて吉本思想の内燃機関でもあったその否定神学を放棄して、無限遠点から手繰り寄せようとしていたのだ。

癒されざる資質的〈病〉を、高度に抽象化されたイメージによって慰撫する希代の思想詩人は、そのようにして〈地獄の母型〉からの必死の逃走を何度も試み続ける。

たれかが遠い声で　呼んでいる

吉本の見果てぬ夢でもあった「イメージで造成された世界観」（『母型論』）は、母の胎内から聞こえてくる前世的な「遠い声」に干渉されながら、宇宙の無限遠点から透視されたデジタルな「都市像」に痛ましく引き裂かれてゆく。

註

1章　太宰という罠

［1］奥野健男が太宰文学に見た「上昇感性の否定」、「下降指向」に対して、同時期に吉本隆明が全く別の文脈で、「感性の上昇志向性」にネガティブな評価を与えていることは、両者の文学的影響関係からも注目に値する。奥野の『太宰治論』（その「あとがき」には、この論考の成立に当たって、吉本から「有力な示唆」を受けたと記されている）の初出は、東京工業大学文芸部雑誌『大岡山文学』第88号（一九五二年六月）だが、吉本は同誌同号の論文「アラゴンへの一視点」（『自立の思想的拠点』所収）で、「被支配階級の精神のうちにある感性の上昇指向性」について語っている。また、同誌87号（一九

五〇年十一月）の「現代詩における感性と現実の秩序」（同）には、印象的な次の一節がある。「人間精神が歴史的に形成してきた感性の秩序にはひとつの定型があります。即ち不完全なものから完全なものへ、人性から神性のほうへ、現実の条件から完備された現実（理想）の条件へ——という言わば人間の感性が自らの欠如感覚を充填しようとする上昇指向の定型です。ふと或時この感性の指向性の定型を僕が懐疑せざるを得なかったと考えて下さい。そして僕の懐疑に暗示を与えてくれたのは、僕のなかにある批判精神と自己嫌悪でした」。この感性の上昇指向への懐疑に、五〇年代当時から、七〇年代半ばの『最後の親鸞』まで一貫した、吉本の思考の原型が凝縮している。

2章　花田のコミュニズム／安吾のアナキズム

［1］「転向ファシストの詭弁」、「日本ファシストの原像」（いずれも『異端と正系』所収）参照。なお、論争以前の段階で吉本は、岡本潤（詩人）批判の文脈に即して、「花田清輝が、勇敢な抵抗者であることは、あきらかだが」（「前世代の詩人たち」、一九五五年）とさえ語っていたのである。ただし、論敵に「ファシスト」の汚名を着せたのは花田の方が先だった。例えばそれは、次のような文脈においてである。「わたしは、吉本隆明を、戦争中のファシストが、十分の自己批判をすることなしに、戦後、自由主義者に転向したものだと考えます。／したがって、かれは、反共の一線だけは戦争中から戦後へかけて、一応、つらぬいているわけであって、あるいは自分の転向についてては少しも気がついてはいないのかもしれません」（「夏炉冬扇」、『花田清輝全集』第八巻）。

［2］なお、花田清輝の『復興期の精神』（一九四六年初版、我観社刊）に収録された唯一の戦後の論考「変形譚——ゲーテ」は、『近代文学』創刊号（四六年一月）に掲載されたものであり、一九五五、六年に交わされた「モラリスト論争」まで、『近代文学』同人と花田との関係は良好だったのだ。ただその前段には、戦後左翼陣営の中で交わされた「主体性」論争があり、双方に微妙な影を落としていた。武井昭夫の最近の証言（「千田是也をめぐって（下）歴史としての戦後演劇3」、『未来』〇五年二月）に

よれば、プロレタリア文学運動の中心的な担い手である中野重治、小林多喜二、宮本百合子らに対し、その解体期から戦中にかけて文学的出発をした『近代文学』同人は、敗戦直後に「政治の優位性」論への批判と、それと結びついた文学者の「主体性の確立」を提唱した。武井によると、彼ら（平野謙、荒正人、本多秋五、埴谷雄高）は、「みな転向者で大方は戦時下を逼塞《ひっそく》して送った」人々であった。これに対し、戦中の抵抗者の側からの「〝もうひとつの〟問題提起」が、花田清輝によって同時期に行われていたと言うのだ。花田の提言は、転向者の自己弁明的な〝後ろ向き〟のプロレタリア文学批判に対し、その芸術方法の発展をめざし、そこに新しいリアリズムの展開をもたらそうとした積極的提言であったと。注目すべきは武井がそこで、花田のそれが「大衆から切り離された知識人の孤立した抵抗はそれ自体抵抗の名に値しないという——その意味では自分の戦中の活動への厳しい批判を含む——考察に立って、勤労人民の生活と闘いに結びついた運動の必要を一貫して説くもので」、「この観点を突き詰めていけば、獄中に孤立した非転向を絶対視する考え方を突き抜けて、困難な状況下で抵抗と闘争の展開を進める方法を共同で探求する視点を築くことができたのではないか」と語っていることである。この発言が重要なのは、吉本隆明との共著者（『文学者の戦争責任』、一九五六年）にして、花田・吉本論争の後の「政治と文学」論争においては、吉本の「政治」に対する「文学」の自立論を批判、『新日本文学』に拠りつつ、花田清輝の運動理論を一貫して支持し続けてきた武井によるものだからだ。花田と『近代文学』同人の断絶を自明とする武井は、ここで「獄中に孤立した非転向を絶対視する考え方」を、真っ向から覆した吉本隆明の「転向論」と、花田による「転向・非転向を相対化させるような」提言との接点を探っているようにも思える。確かに花田は、獄中非転向の革命家たちが、戦後、真空地帯から運動の渦中に飛び込んだことによる独善主義の弊害について、彼らの「戦争責任」ではなく、その「戦後責任」という観点から批判を加えている（「ヤンガー・ゼネレーションへ」、『花田清輝全集』第七巻）。その意味では、花田・吉本の連帯の可能性は、皆無ではなかったであろう。だが、その前提でもある「この観点を突き詰め」、獄中非転向を絶対視する考え方を「突き抜けて」、両者が戦後的「抵抗と闘争」のために歩み寄ることは、金輪際なかったのである。なお、花田清輝は五八年のエッセイ「論争の予定」（『花田清輝全集』第八巻）で、武井、吉本両者に対し、挑発的に次のように述べている。「現在、わたしは、武井昭夫のアヴァンギャルド芸術、吉本隆明のマルクス主義にたいして不信の念をいだいている。マルクス主義的な観点からアヴァンギャルド芸術をとりあげていくことが、わたしの終生の課題である以上、わたしとかれらとのあいだに似たところがあるだけに――というよりも、むしろ、かれらが、わたしの「アヴァンギャルド芸術」の止揚を目ざしているだけに、わたしとしては黙っているわけにはいかないのだ。しかし、その論争から、かくべつ、みのりゆたかな収穫を期待しているわけではない。正直なところ、わたしとしては、武井昭夫のマルクス主義、吉本隆明のアヴァンギャルド芸術と対決できたなら、いくらかおもしろい結果がうまれるのではないかと考えているのだが」。

［3］この「アクシスの問題」と、同じく激越な花田批判である「転向ファシストの詭弁」は、それぞれ『近代文学』五九年四、九月号に掲載され、これにより吉本隆明は安保闘争さなかの一九六〇年六月、「近代文学賞」を受賞している。

［4］例えば戦時期に書かれた「欠乏の美学」で、「民族の自己批判のあらわれとしての文化運動は、必然的に国粋主義的な道を辿るべきであろう」と述べた花田は、同時期の「錯乱の論理」では、「たしかに、一種異様な心理的眩暈が若い世代に属する知識人のむれを支配している」と語りはじめ、「筆者は故意に弁証法についていては一言も触れなかった」と締めくくっている。花田がここで語っているのは、明らかにファシズムの形而上学批判であり、「AはAである」という自同律＝自明の理が、神秘的なものに反転する形式論理の陥穽の弁証法的暴露なのである。「自明の超克は、いつの時代にも必要だ。しかし、かつて人々の考えたように、自明なものと神秘的なものとは、ちがったものではない。AはAである、という法則に呪縛された魔圏のこちら側には、白日のひかりがただよい、一切の確実なもの、争い得ぬもの、明白なものが存在し、その向こう側には、謎めいたもの、定かならぬもの、どよめくものが、闇につつまれてあるのではない。／夜の神秘は、すでに問題ではない。最も解きがたいものは真昼の神秘

だ」(『花田清輝全集』第二巻)。

[5]因みに花田清輝は、「マザー・グース・メロディー」(『花田清輝全集』第四巻)で、この童謡のもつナンセンス、ボン・サンスの否定としてある本能的な「心の故郷」の物質的現実性について触れている。そのナンセンスは両義的で、一方では本能や無意識といった内部の現実を指しながら、他方では「物それ自体」のすがたを、われわれの「外部の現実」を指していると言うのだ。「そのばあい、マザー・グースの童謡は、心の故郷ではなく、物の故郷を——とうてい、ボン・サンスではとらえかねるような、物質的現実のすがたを、あるがままに表現しているのである」。花田がここで語る「物の故郷」とは、まさに坂口安吾が「文学のふるさと」と名づけた物語の裸形的原風景にも通じる、唯物的な荒野のことではなかったか。花田にとっての「アヴァンギャルド芸術」とは、常にそうした「無」=ナンセンスを通過した後の世界の再‐起動化の永劫回帰であり、また形骸化した近代への批判(=近代の超克)の試みでもあった。安吾はそうした「物の故郷」に反復的に立ち返るための精神の実践形態を、「堕落」と呼んだのである。

[6]二〇〇六年の熊野大学夏期特別セミナー(八月五日、和歌山県新宮市)「坂口安吾と中上健次」における柄谷行人の発言およびそれに対する筆者の応答を参照(『國文学—解釈と教材の研究』〇六年一二月号掲載)。

[7]ところで戦後文学の中で、太宰治の「駆け込み訴え」を完膚無きまでに粉砕した作品がある。武田泰淳の『わが子キリスト』がそれである。この作品が戦後文学の中で、比類なく突出しているのは、ユダヤの征服のためにローマの高官が、部下であるイエスの実「父」を使って、その「子」を神に祀り上げるという卓抜な着想によってであった。「転向」と「戦争」を体験した戦後派の多くが、その腹いせのように「子」が「父」に反抗し、大いなる「父」を祀り棄てることの正当化に執着していた中で、武田は父‐子関係という不動の基軸そのものを、キリスト神話の創生に遡って変容させてしまったのである。さらに武田泰淳のしたたかさは、他の弟子たちの「転向」をないものにするため、ユダにより大がかり

な「転向」を擬装させることで、イエスのキリストへの祀り上げ工作を、全く逆方向から担わせたことだ。太宰にあっては裏切り（「転向」）を告白することで、その「語る主体」の罪は、浄化されるのだが、泰淳の小説にはそのような救いは一切ない。「転向」を暴くのではなく、それを擬装したユダは、最後に「私」という「人間」を自ら葬ってしまうからである。

［8］『文藝』一九四二年（昭和十七）六月初出の「真珠」を、雞知《けち》（対馬）の陸軍病院娯楽室の古雑誌で読んだという大西巨人は、一九九六年のエッセイで、改めてこの作品が「名品」であると太鼓判を押している（「短篇小説『真珠』のこと」、『大西巨人文選』1　月報参照）。一方、大西は「太宰治作『十五年間』のこと」（『二十一世紀前夜祭』所収）で、東京での十五年間の生活を回想したこの作品が、九州で自ら編集に携わっていた雑誌『文化展望』の創刊号（一九四六年四月）に掲載された経緯を明かにした上で、次のように述べている。「『文化展望』第二号・一九四六年五月号所載「小説展望」の中に、私は、『十五年間』を評して、〝敗戦後、僕の目に触れた限り、「過去への反逆」がない唯一の小説〟というように書いた。そのころ私は、「過去への反逆」という語をキーワード的に用いていた。その語は、〝保身、処世、便乗、順応、利己のため、人が、しばしば外部の現実、弾圧なり強制なり時勢なりの類に藉口《しゃこう》しつつ、十五年戦争中における自己の「苦衷《くちゅう》」または「面従腹背」などをお手盛り的に披露したりもして、「一時代前にたいする義憤」を「いまだからこそ言う（ことができる）」的に言い立てること〟を意味した」。だが太宰はこの作品で、「東京八景」や「魚服記」にはじまり、『新釈諸国噺』、『御伽草子』に到る十五年間の自作を饒舌に語りながら、同じくその十五年間に書かれた、「女生徒」や「十二月八日」といった〝問題作〟については、固く口を閉ざしているのである。太宰にとっての上京後の十五年間とは、一九三〇年から敗戦の年まで、ほぼ十五年戦争と重なる時期に当たる。しかもこの作品は、同じく東京生活を回想した旧作「東京八景」から五年、「大戦の辛苦をなめ」た太宰のその後の「回想」の形をとっている。開戦の年の一月に発表された「東京八景」では、太宰の「転向」の経緯が、「純粋な政治家であった」一期間の挿話として事細かく語られている。しかるに「十五年間」では、「転向」

と「戦争」を通過した作家の「過去」は、きれいに洗い流されているのである。「過去への反逆」を、自らに禁じるという擬装、擬態によって。こうした、大西巨人の眼をも欺く、太宰の心地よい語り（の文体）こそが〝罠〟なのである。「戦時下の作家」として作品上、「戦争」とどう向き合ったかという「過去」は、太宰にとって語ることをはばかられる「過去」だったのだ。それはこの作品「十五年間」を、「真の自由思想家なら、いまこそ何をおいても叫ばなければならぬ事がある。天皇陛下万歳？　この叫びだ。きのうまでは古かった。古いどころか詐欺だった。しかし、今日においては最も新しい自由思想だ」の一節を含む自作、「パンドラの匣」からの引用で締めくくる太宰の実に巧妙な「過去への反逆」によって、隠蔽されているのである。

3章　死者を抱く者

［1］「風の方向」、初出『現代芸術』（六〇年一〇月号）、『花田清輝全集』第九巻所収。以下は吉本隆明が大岡昇平、埴谷雄高および『二つの同時代史』の版元・岩波書店に宛てた第二信（昭和五十九年八月二十日）に添付された「資料」からの引用（『重層的非決定へ』より）。

　風の方向
催涙弾を投げられたなら
風下にむかって走れ
風上にむかって走るな
ぽろぽろと大粒の涙をながすために
ながしつくしてしまうために
涙をながしたくないやつだけが
風上にむかって走る

すると、おまわりが、そいつを追っかける
おまわりだって
涙をながしたくはないから、な
おれは走った
風上にむかって走った
いくつもの塀をのりこえた
そして、ついにおれは、もののみごとに
おまわりをまいたとおもった
ところが
なんということだろう
眼のくらんでしまったおれは
警察の庭のなかに走りこんでいたのだ
窮鳥ふところにいれば猟師もこれを助く、
というが
いまのおまわりは、そんな諺は知らない
おれは豚箱のなかで
ぽろぽろと大粒の涙をながさないわけには
いかなかった
催涙弾を投げられたなら
風下にむかって走れ
誰も人のやってこない
風下にむかって走れ

［2］埴谷の吉本擁護に対して花田は、「『近代文学』の編集責任者である埴谷雄高が、吉本隆明に、おのれの後継者をみいだしているのは、当然のことというほかない」（「ノーチラス号反応あり」、『花田清輝全集』第八巻）とし、さらに戦争責任問題の追究に関して、東京裁判の「キーナン検事からバトンを受けついだ吉本検事」への「反対訊問」として次のように語っている。「しかるに吉本検事の論告は、要するに、『近代文学』流のヒューマニズムを、擬科学的な言辞によって粉飾しただけのものではないか。じゃア、どうしたらいいんだと反問されても、さっぱり、どうしていいか当人にも見当のつかないといったようなたよりない戦争責任の追究者に真面目に同感するような人物は、埴谷雄高のような典型的なユートピアンだけであろう。もっとも、吉本隆明はあくまで検事として終始し、埴谷雄高のように、公平無私な裁判長面をしないだけでも、まだマシかもしれない。埴谷雄高は、敵を味方に転化する、といったようなあいまいな空想にふけっているようであるが、わたしは、敵か味方かわからないような連中よりも、さらにまた、味方のような顔をした敵よりも、敵としてハッキリしているやつのほうが、はるかに好きだ」（同）。

［3］この論考で谷川は、寒気を誘ったという吉本の初期の代表作「マチウ書試論」から、「関係の絶対性」というキーワードを引いて、原始キリスト教のユダヤ教への攻撃的パトスを正当化し、秩序に対する反逆とそれへの加担を倫理に結びつけたこの概念を、吉本隆明という思想家（谷川に言わせるなら「貧乏な世代の貧乏神」）の原形質と重ね合わせている。「もし法律学者やパリサイ派を戦前のコミュニストにおきかえるなら、このばあいの原始キリスト教はたちまち吉本隆明その人と化してしまうのではないか。彼がこの五、六年間に加えた前世代への攻撃をひやかして、私はそういうのではない」。「私の寒気というのは、彼がそのなかで意識しようとしまいと原始キリスト教に仮託された自分自身をまず断罪し、断罪することによって正当化しておかねばならなかったという事実である」。この「断罪」による「正当化」こそ、吉本にあっての戦中派特有の「暗い無気味さ」が、戦後派的な「あけっぴろげの無気味さ」に劇的に反転する秘密の扉ではなかったのか。彼はその扉をこじ開けて、戦後思想史のステージに立っ

たのだ。谷川の次の言葉は、そうした吉本の資質的な〈病〉の中心にあるものを見事に捉えている。「戦えば戦うほど、彼は子供になりながら衰えてゆく自分を発見するにちがいない。円熟という理想は放棄されざるをえない」。「時間との、敗北を見越した戦いをこのような性質としてとらえねばならなかった人間たち……それが私たちの世代なのだ。おそらく太宰治をとらえた命題もこの敗北せざるをえない時間の逆説との闘争にちがいなかったのだが、彼にとってのこの不意にあらわれた逆説の原因が革命の誤謬によるのか、体制の暴力によるのか、彼の存在の特殊性によるのか、その紛乱の糸をたぐり通すことができずに渦のなかに立ちつくしたまたおれた。ところが私たちの世代にたいして、このつむじ風はもはやそのような分析の欲望をもつことがばかばかしいほどにないあわされた一撃として作用した。そのとき無数のイエスがうまれた。裁くことが生きることであった。もし裁くことをやめるなら、彼はみずからをユダとして規定しなければならなかった。初年兵として一等兵からほほをなぐられているユダ。もし裁きつづけるとすれば、彼はみずからのなかのイエスをも裁かねばならなかった。残飯をすすり、なかまの洗濯物を盗んでいるイエス――はじめて選択の可能性がひらかれた。そしてどの道を選ぶかを倫理的に規定する過去はなかった。／関係の絶対性とは、このような時点におかれた青年の必需品であって、それ自身選びとられたものではない」。そしてその必需品を手にして、「自分自身を断罪し、断罪することによって正当化」する「貧乏な世代の貧乏神」＝イエス（吉本）は、ユダ（奴）への転落を免れるための闘争を継続し、「みずからのなかのイエスを裁く」主の位置に立つことになるのだ。裁くことがすなわち生きることであったという、敗戦後の無数のイエスのなかの唯一者が、好戦的な論争家に転ずるのは、こうした「自罰」のエネルギーが、集中的に他者攻撃に向けられた時なのだ。吉本隆明とはその意味で、太宰治の屍を踏み越えて誕生した一人の「子供」＝「戦争で死にそこねの世代のゾンビ」そのものだったのである。

［4］谷川雁とともに『試行』創刊時の同人として吉本を支えた。同人解散後は桶谷秀昭とともに『無名鬼』を創刊、『北一輝論』、『草奔論』は晩年の三島由紀夫にまで影響を与えた。一九七五年自刃享年五十三。

［5］江藤が「概念を愛し、異質な他者に接触することを嫌っている」他の「戦中派」と異なり、吉本のみが自らの「感情にひそむもの」を自覚し、「自らをつき動かす衝動について」語っているとして引用したのは、敗戦の翌年に書かれた次の詩（的散文）である。以下は、江藤淳による引用の全文。

――〈エリアンおまえは此の世に生きられない　おまえはあんまり暗い〉――
――〈エリアンおまえは此の世に生きられない　おまえは他人を喜ばすことが出来ない〉――
――〈エリアンおまえは此の世に生きられない　おまえの言葉は熊の毛のように傷つける〉――
――〈エリアンおまえは此の世に生きられない　おまえは醜く愛せられないから〉――
――〈エリアンおまえは此の世に生きられない　おまえは平和が堪えられないのだから〉――
……僕は何故生きられないのだろうか　イザベル先生の暗示は真実なのだ　僕はその様な相でしか人達の間に現われない〈暗い孤立〉　如何して人間は大勢でなくては生きられないのだろう　そうして僕はたった十六歳になったばかりなのに、どうしてこんな沢山の重荷に耐えなくてはならないのか　どうして斯んな弱い心で唯ひとり皆の生き方を怖れて　自分の咽喉を傷つけて死のうとしなければならないのか〈神よ！〉
……ミリカよ　おまえには人生が広い野原のようにしか視えない　おまえは花や草たちや小鳥の唱を感じるだけだ　僕には人生が深い峡のようにしか視えない　誰も僕のまわりには居ない　暗い岩石の淵があるだけだ
……エリアン　だがおまえは痛ましい性だ　そして人の世の死の蔭は唯一つではない　おまえはやがて新しい懸崖に差かかるだろう　おまえはもっと醜いおまえを形造らなくてはならない　おまえが又その苦しみを死に代えやしないかと思うと心配な気がする　だがわたしはもうおまえに告げることもないおまえはたった独りで行ける筈だ
……エリアンおまえは痛ましい性だ　おまえは誰よりも鋭敏に、哀しさの底から美を抽き出してくるそしておまえはそれを現実におし拡げるのではなく地上から離して、果てしなく昇華してしまうのだ　それは痛ましいことなのだよ　おまえは屹度人の世から死ぬ程の苦しみを強いられる　誰でもが人の世の現実はその様なものだときめている　その醜さ、馴れ合い、それから利害に結ばれた絆——そんなものがおまえには陥し穴のように作用する　何故陥されるのかも知らない間に陥ちて傷つくだろう　おまえはきっと更めて人の世を疑い直す　そうして如何にもならなくなった時　又死を考えはしないかと寂しくおもうのだ　おまえはイエスの悲しみを知っているだろう　そしておまえが自分の純粋さを守りつづけようと思うなら　イエスのように生きてはならないよ〈それは死ぬより外に術のない道だから〉おまえは聖パウロのように生きるがよい　コリント後書にあったね〈我ら若し心狂えるならば神のためなり、心たしかならば汝らの為なり〉　エリアンおまえは若しかするとパウロのように人間の弱さに即しながら　あの純粋さをたどって行けるかも知れない　若しかしておまえにはそんな生い立ちの匂いがするように思うのだ　だが予言は卑しいことだ　おまえのまんまにゆくがよい（「エリアンの手記と詩」）

……どうせわたしは永遠に救われない旅人だ。ただ漂泊の旅愁だけを抱きしめている、はかないナルチスムの性だ。神から追われることは怖ろしくはない。むしろその鞭の痛みを望んでいるようなところもある。……そしていまは

——わが心をはなれて仏心もなく、仏心をはなれてわが心もなきものなり——

という東方の岸辺に佇んでいる。それは静かな岸辺ではない。絶えず風が寂しくすさんでいる流離の岸辺である。貴女の信じているゲッセマネの安らかさは少しもない。貴女のよく知っているように、わたしは何にもまして嵐を愛する。それは人間の魂についても、又自然の心のなかでもその嵐を愛するのだ。それ故貴女が静かに深い異神のふところに安心立命の信に抱かれているのを見ると、何かゆさぶられるような切なさを感じてくる。それは嫉ましさや不思議な悲しさを織りまぜた感じなのだが、貴女は判ってくれないかも知れない。わたしは東方のさびしい岸辺にあって、貴女の心に嵐を吹きおくりたい

と思う。旅人のすさんだ息吹で、静かな世界をゆさぶって行きたい衝動をどうすることも出来ないのだ。……ああ東方の運命はいつも悲しい。そして東方の旅人はいつも哀しい。わたしは仮りにこの便りをサバティエの便りと呼ぶのだが、何日になったら貴女に届くのかわからないのである。（異神」）

［6］雑誌『海』一九八二年四月号での吉本との対談「現代文学の倫理」で、江藤淳は自らの一連の占領政策研究（GHQによる言論統制の実態と、その〝閉ざされた言語空間〟のもとでの戦後日本文学の基本条件についての実証研究）に自己言及し、かつての吉本の「転向論争」「戦争責任論」が、「手法」も「芸風」も違うにせよ、「私がいまやっているのと同じことを」、マルキシズムの枠の中でやろうとしたのではないかと語っている。これは、「一まわりばかり違って一致している」（吉本）両者の意図せざる協働の実例としていかにも示唆的である。因みに、それから六年後の両者の最後の対談「文学と非文学の倫理」（江藤淳『連続対談　文学の現在』所収）の末尾で江藤は、「小林秀雄にはあなたのようなカウンターパートはいなかったでしょう。中野重治にとっても小林秀雄はおそらく私のようなカウンターパートじゃなかったでしょう」と感慨深げに語っている。

［7］一九四五年十月の時点で、東京帝国大学法学部教授・宮沢俊義は、明治憲法が本来、「民主主義」、「自由主義」の立憲主義に立脚している以上、改憲なしにポツダム宣言の要求（「民主主義的傾向ノ復活強化」と「言論、宗教及思想ノ自由並ニ基本的人権ノ尊重」）に応えることができるという立場を表明していた（『毎日新聞』同年十月十九日付けの改憲不要論）。その後、占領軍の新憲法案に接した宮沢は、決定的に態度変更、ポツダム宣言（一九四五年八月十一日の連合国回答）が日本の最終的政治形態を、「日本国国民ノ自由ニ表明スル意志ニ依リ決定セラレルヘキモノトス」としたのが「国民主権」を定めたものであり、これを受諾した四五年八月にはじめて日本は「国民主権国家」となったと主張するに至る（「八月革命と国民主権主義」（原題「八月革命の憲法史的意味」）、『世界文化』一九四六年五月号）。これが「八月革命説」成立の経緯である。なお、江藤淳はその編著『占領史録』第三部「憲法制定経過」の解説（講談社学術文庫『占領史録（下）』）で、この宮沢俊義の「〝コペルニクス的〟転向」に激しい

批判を加えた。

[8] 宮沢俊義の「八月革命説」を、さらにジャーナリスティックに粉飾したのが、宮沢を委員長とする東京帝国大学の「憲法研究委員会」のメンバーの一人だった丸山真男である。彼の名を一躍有名にした「超国家主義の論理と心理」の終わりには、宮沢‐丸山ラインによる「八月革命説」の捏造を決定づけた致命的な次の一節がある。「日本帝国主義に終止符が打たれた八・一五の日はまた同時に、超国家主義の全体系の基盤たる国体がその絶対性を喪失し今や始めて自由なる主体となつた日本国民にその運命を委ねた日でもあつたのである」。ここで言うその「自由なる主体」を統治した、「占領軍」という大文字の主体を隠蔽したことにより、丸山は自らの「転向」を、美しい「戦後民主主義」神話に巧みにすり替えたのである。米谷匡史「丸山真男と戦後日本」(『情況』九七年一・二月合併号)参照。

[9] 吉本は「ほとんどその思想が大衆の生活思想に、ひと鍬も打ちいれる働きをもっていなかった」と批判する(『丸山真男論』)。

4章 アジアから母型へ

[1] ヘーゲル‐マルクス的な歴史概念。マルクス『資本制生産に先行する諸形態』(『経済学批判要綱』GRUNDRISSEの一部をなす)によると、〈アジア的〉という概念は、未開・原始(的氏族社会)と古典古代(的奴隷社会=古代ギリシア・ローマ段階の)を媒介する折衷的な概念としてまず措定された。そこで、世界史における東洋的専制国家(アジア的生産様式に対応)は、歴史段階として「停滞」の象徴のようにみなされることになる。ヨーロッパ世界においては、古典古代につづき、ゲルマン的封建制が、さらにイギリスで発展をみた近代ブルジョア社会(ブルジョア的生産様式に対応)が、歴史的な発展段階として生成するが、東洋においてはインド、中国にみられるごとく、アジア的デスポット(専制君主)のもとに、歴史的停滞が固定化するというもの。なお、ヘーゲルは『歴史哲学講義(上)』で、次のように述べている。

世界史は東から西へとむかいます。ヨーロッパは文句なく世界史のおわりであり、アジアははじまりなのですから。東それ自体はまったく相対的なものですが、世界史には絶対の東が存在する。というのも、地球は球形だが、歴史はそのまわりを円をえがいて回るわけではなく、むしろ、特定の東を出発点とするからで、それがアジアです。外界の物体である太陽はアジアに昇り、西に沈みます。とともに、自己意識という内面の太陽もアジアに昇り、高度なかがやきを広く行きわたらせます。世界史は野放図な自然のままの意思を訓練して、普遍的で主体的な自由へといたらしめる過程です。東洋は過去から現在にいたるまで、ひとりが自由であることを認識するにすぎず、ギリシャとローマの世界は特定の人びとが自由だと認識し、ゲルマン世界は万人が自由であることを認識します。したがって、世界史に見られる第一の政治形態は専制政治であり、第二が民主制および貴族制、第三が君主制です。（序論E　世界史の時代区分、長谷川宏訳　傍点は原文）

かくて、歴史のはじまりをなすのは東洋です。この世界の根底にあるのは共同体精神という素朴な意識で、主観の意思はさしあたり共同体精神を信仰し、信頼し、それに服従するものとしてあります。国家生活のなかには、理性的な自由の実現と発展のさまが見てとれますが、その自由が主観の自由にまで到達する力はない。歴史の幼年期です。共同体の形態としては、理性の行きとどいた豪華絢爛の東洋王国をなしてはいるが、個々人はたんなる付属品にとどまっている。個々人をひきしたがえて中心にたつ支配者は、ローマ皇帝のごとき専制君主ではなく、家長として頂点にたちます。というのも、かれは共同体精神の代弁者であり、すでに存在する本質的な命令を維持するだけであって、西洋においてはあくまで主観の自由に属する事柄が、東洋では共同体全体の決定にもとづいているからです。東洋人のとらえる豪華さは、共同体を代表するこの一個人に集中していて、すべては共同体に属し、どの個人も共同体をはなれて自分の主観的自由にかえっていくわけにはいかない。空想上の富も自然の富も、すべてが共同体のものであり、主観の自由も共同体のなかに埋没するしかなく、個人の栄誉も個人のうちにあるのではなく、この絶対的存在のうちにあるのです。国家のすべての要素が、したがって、主観性の要素までが、存在するにはするのですが、共同体とうまく調和がとれてはいない。どんな個人の独立もゆるさないような唯一の権力の外に出てみると、そこにあるのは、どこに行くあてもないぞっとするような勝手気ままな心です。野蛮な一団が高地に突如としてあらわれ、周辺の国々に突撃してきて国々を荒廃させたり、内部に住みついて野蛮さをすて、これという成果もあげずに共同体のなかに散っていったりするのは、勝手気ままな心のなせるわざです。(同)

［2］『世界共和国へ』での柄谷行人は、それを受けて「アジア的」という概念を、世界史の発展段階における停滞の象徴と見るのは誤りで、「アジア的な社会構成体」を国家のレベルで見ると、いかにその官僚制や常備軍、情報通信技術を含む統治システムが、高度な段階に達していたかを強調する。つまり、ウィットフォーゲルの言うアジア的な「水力型(的)社会」とは、大規模な治水灌漑に基づく生産様式に限定されるものではなく、官僚的支配体制を基盤とした「文明」のことなのだと。さらには、ヨーロッパの中世以降の絶対主義国家が、そうした東洋的専制主義の官僚制に追いついただけではないのかと言うのだ。なお、ウォーラーステインの「近代世界システム」論を西洋中心主義と批判したA・G・フランク、山下範久訳『リオリエント―アジア時代のグローバル・エコノミー』によれば、一九世紀のはじめまで、世界経済がヨーロッパを中心にしていたなどということは、まったく想像の余地もないことであり、「資本主義(的発展)」がヨーロッパないしは西洋によってもたらされたなどということも、さらに全くなかったのだという。すなわち、「ヨーロッパは、まずアジアという列車の席をひとつ買い、後には、列車全体を買い占めた」のであり、マルクスの「資本主義理論」の全体は、「アジア的生産様式という仮定のお伽話の上に立つヨーロッパ中心主義にしか支えられていないことによって」、無効とされている。

［3］「『アジア的』なもの」(八三年、『重層的な非決定へ』所収)に至って吉本は、マルクスの〈アジア的〉

な「画像」を修正し、「わが国の〈アジア的〉な政治制度と、農耕の村落共同体との関係」を、最終的に次のように概括している。

（1）中央の専制的な王権は、せまい地勢に分断された地理条件のために、大規模な水利灌漑の工事を負担する必然はまったくなかった。溜池をつくり、水利生活用の堰井を掘り、小さな河川を灌漑用に利用する工事をおこなう程度だった。これは農耕の村落共同体が内政としてもやれる規模だった。だから大規模な中央国家は必要でなかった。

（2）ほかの民族による征服王権の成立とか、その存亡交替というような大陸〈アジア的〉な政治制度上の体験を、初期王権はほとんどあるいはまったくしなかった。小規模で島嶼的で比較的平穏で持続的な支配王権のもとに、農耕の村落共同体は置かれた。

（3）それとは裏はらに、わたしたちの初期〈アジア的〉な専制王権は、祭祀的あるいは儀礼的あるいは宗教的な制度を、強固に高度にはりめぐらしたとおもえる。その意味では初期王権は〈旧約〉的で、無意識の深層にまで浸透した禁忌と、呪術的な要素を蓄積して、国家的な宗教にまでひろげていった。

（4）農耕の村落共同体が氏族共同体あるいは、親族的な血縁共同体から構成され、強固に閉じられる傾向がおおきかった。地勢的に低い丘陵や、谷によって、小さな独立した閉地域をつくっている自然条件がこれを助長した。

（5）未発達な非農耕的な産業の共同体が、農耕共同体に対応して血縁的に閉じられて存在し、共同体的な構造がなかなか解体されない傾向がうまれた。

［4］中国精華大学の汪暉はこの問題の本質を、革命政治が「脱政治化」の浸蝕にさらされた中で中心化した権力を政党に集中させる「政党の国家化」の問題と捉え、アジア的な特性を二〇世紀の歴史からグローバルに再評価している（「中国における一九六〇年代の消失―脱政治化の政治をめぐって―」上下、『思想』〇七年六、七月号）

［5］湯浅赳男によると、積極的に近代文明を摂取することにより、自らを強大化しようとしたピョートル大

帝（一世、在位一六八二―一七二五年）の行動様式は、「一三世紀にユーラシア大陸全体を征服したモンゴール帝国の遺伝子」（『「世界史の中のフィリピン」私観』、季刊『at』4号）を引き継いでいることになる。なお、同誌同号の座談会「『世界共和国』をめぐって」で柄谷行人は、旧帝国が残存し、多民族が分裂状態にあった「ロシアや中国、ユーゴスラヴィアなどでは、マルクス主義は、「帝国」を維持するための理論として機能した」側面があるという注目すべき発言をしている。

［6］公平を期して註するなら、八〇年代初頭における吉本は、近代的民族国家すなわちネーション・ステートの解体に、いかなる楽観的見通しも立ててはいない。彼は「資本主義社会制度と、その上層にこしらえられた民族的国家は、資本主義の急速な膨張期の画像を眼の前にしたマルクスやエンゲルスのような初期社会主義思想家がかんがえたよりも、はるかに強固なものではないのかという問題」（「アジア的ということ（3）」）に少なくとも自覚的な思想家であった。

［7］M・メルロ＝ポンティは、G・ルカーチの『歴史と階級意識』への批判的検討を通じて、次のように語った。「階級社会においては、プロレタリアートはもはやはっきりした階級としては存在していない。プロレタリアートは、それが存在しているかぎり、たえまない止揚の力であり、自己自身の止揚でさえあるのだ。ということはつまり、プロレタリアートとは歴史的にはほとんど非現実的なものであり、何にもまして否定的な仕方で存在する、つまり哲学者の思考のなかの観念としてしか存在しない、ということを認めることにはならないだろうか」（『弁証法の冒険』滝浦静雄、木田元訳、一九五五年）。またアントニオ・グラムシはこれを党の問題にまで敷衍して、「党が完全にかたちが定まり、完成してしまうことは永遠にあり得ない」とし、「党の存在が歴史的に無用なものになったときに、そうした党は初めて完全にかたちが定まり完成するというパラドクス」（『獄中ノート』石堂清倫訳）を提示している。「階級区分をなくそうとする党は、それが生存するのをやめたときにこそ、完全な自己完成に至るのだ。なぜなら、階級が存在しなくなり、したがって階級を表現するものもまた存在しなくなるのだから」。なお柄谷行人は、そうした初期マルクス的な議論を清算し、改めてプロレタリアートを、封建的共同体

から自由であり、かつ生産手段からも二重に自由であるような存在、例えば現代においては中流クラスのサラリーマンを念頭に、参加デモクラシーの一種として再定義する。しかも彼はその歴史的可能性を、「生産」点からではなく、あくまで「消費」のレベルから、「資本」に対抗する消費者運動を担う賃金労働者という観点から捉え直すべきであると主張するのだ（『トランスクリティーク』その他を参照）。

［8］トロツキーは、ロシア革命以前から、レーニンの二段階革命論（「労働者・農民の革命的民主独裁」がプロレタリア革命に先行するという説）を否定する異端だった。そもそも、一九〇五年の第一次ロシア革命以前の段階では、来るべきロシア革命がブルジョア革命であることに、ボルシェヴィキ（社会民主労働党多数派）もメンシェヴィキ（同少数穏健派）も異論はなかったのだが、両者の中間にいたトロツキーのみが（農民をその背後に率いる）プロレタリア独裁による一段階革命を主張していた。その「永続革命論」は、後進国ロシアにおける社会主義革命先行説として急進化（一九一七年の二月革命直後までは、レーニンも西欧先行説に立つ）、その理論的根拠としてトロツキーは、経済発展の不均等性（歴史の不均等的発展法則）を、「複合的発展」と捉え直し、「古い形態とより近代的なそれとの混合」（『ロシア革命史』）、個々の段階の結合を強調、帝国主義時代の後進国のブルジョア民主主義革命の完遂は、ただプロレタリアート独裁の樹立によってのみ可能という説に傾いた（対馬忠行「永続革命論解説」、トロツキー『一九〇五年革命・結果と展望』参照）。なお、こうした後進国革命論のバリエーションとしては、中国における陳独秀らの都市プロレタリアートの蜂起路線（政治革命）に対する毛沢東の農村を基盤とした根拠地革命論（社会革命）、また日本においては、戦前の日本資本主義論争（＝「封建論争」）に見られる、講座派のブルジョア民主主義革命を経由した「二段階革命」論と、労農派の「一段階革命」論の路線上の対立があり、これは近代的産業資本主義段階における封建的遺制の問題をめぐり、明治維新がブルジョア革命か、封建制打倒による絶対王制の成立かの解釈から、当面の革命戦術（ブルジョア革命かプロレタリア革命か）の対立にまで及んだ。

［9］この時期から吉本は例えばアジア的に付されていた〈　〉表記を用いないようになっているので、以

下それに従う。なお、六〇年代から七〇年代にかけて、吉本隆明が好んで用いたこの〈 〉は、彼の影響下にあった当時の「自立派」の同人雑誌（北川透の『あんかるわ』等）にも氾濫していた。「自立」とは思想的には、日本共産党をはじめとする左翼諸党派からの自立を意味する独立左翼としての理念であり、同時に既成のマス・ジャーナリズムからの表現主体の自立をも意味した。特定の概念や単語をあえて〈 〉表記することは、彼らの「抵抗」のシンボルであり、その意志表示のようにも見なされていた。七〇年代後半以降の「大衆の時代」にあって、その表現的付加価値が殆ど無に帰し、「自立」という言葉自体が色あせるのに応じて、吉本はこの表記を用いないようになる。

［10］山本哲士・高橋順一によるインタビュー「母型論と大洋論」（『季刊 iichiko』NO. 39「特集 吉本隆明の文化学——アジア的ということ・母型・価値」、九六年）で吉本はまた、次のように語っている。「赤ん坊は生まれる前には体内でエラ呼吸をしており、体外に出てから急に肺呼吸に変わるわけです。その時、お医者さんが赤ん坊を逆さにして、お尻を叩いて「おぎゃー」と泣くことを推進させるわけですが、それはあまりに急激な転換であり、ライヒはそれはものすごい心の傷になると言っています。エラ呼吸から肺呼吸に変わることは、魚類が両棲類に変わるくらいの進化を一気にやってしまうことと同じですから、ものすごい心の傷です」。

［11］フロイトの『モーゼと一神教』によれば、砂漠にとどまることを強いたモーゼは、「約束の地」カナンに入る前に殺されるのだが、そうした父殺しの原罪が「抑圧されたものの回帰」となって現れるのが、世界宗教である。

［12］インタビュー「わたしのものではない〈固有〉の場所に」（『現代詩手帖』〇三年九月号）。

［13］同「「遠い自註」にうかぶ舟—『記号の森の伝説歌』について」（『現代詩手帖』「特集 吉本隆明とはなにか」〇三年一〇月号）。

［14］「或る芸術について」（『［新版］澱河歌の周辺』）。

5章　癒されざる〈病〉

［1］吉本隆明が「転向小説の白眉」（『転向論』）と評した中野重治の戦前の代表作。その主人公「勉次」が、今後政治活動をしないという上申書を提出して転向出獄後、帰郷した村の家で父の孫蔵に、「今まで書いたものを生かしたけりゃ筆を捨ててしまえ」とたしなめられ、「よく分かりますが、やはり書いて行きたいと思います」と答える場面に、吉本は主人公の日本的な封建制との根底的な対決姿勢を認めたのだ。

［2］なお吉本は、「母の死」をめぐる二つの詩（「死は説話である」、「ある鎮魂」）とともに、エッセイ「n個の性をもつ女性」を公にしている（いずれも『〈信〉の構造 Part 3―吉本隆明全天皇制・宗教論集成』所収）。ただし、死が間近に迫り、「意識的に母の裸体に触れ」た体験を語ったこの文章は、余りにも感情過多で、ほとんど散文としての体をなしてはいない。

［3］だがそれは柳田的資質と言うより、多分に分裂病親和者であるヴィジョネール（幻視者）吉本の資質が引き寄せた「視線」のことかも知れなかった。「宮沢賢治」（『悲劇の解読』）においても吉本は、同じくそうした「視線の特異なメタフィジック」について語っている。賢治の童話作品には、「どこかに作品を統御しながら、登場者のすべて、登場する風や雲や樹木や鳥や景観のすべてを、あたかも水槽のなかに見透しているような装置の眼」があったと。この「視線の特異なメタフィジック」は、もう一歩で関係妄想を引き寄せる病者の眼差しではないのか。

［4］「母」なるものをめぐる吉本の〈原罪〉と〈倫理〉の追跡は、『共同幻想論』以降、『心的現象論』などでさらにその起源への理論的遡行を促し、あるいは最終的な〈癒し〉の場を、詩的世界に求めるようになる（『記号の森の伝説歌』）。一方で彼は、この起源としての「母」（との関係）の痕跡を、大胆に他者の言説に嗅ぎ当てるようになるのだ。柳田国男だけではなく、例えば江藤淳や中沢新一や辻潤のなかにまで。

古典現代期がわたしたちに与えた最大の文学概念は、文学作品は文学的な資質を作為するものだという概念だとおもえる。そして文学的な資質は乳幼児期の「母」との関係と、その時期おかれた「環境」によって、乳幼児の無意識の工房のうちで作られる。この無意識にひそんだ「満たされなさ」を慰藉するためにだけ、言葉は文学的な陰影を帯びはじめる。江藤淳は、こういう現代文学の本質概念を、まだ生きた資質のままに批評作品のうちに体現した、わが国最後の最大の批評家だろう。(「江藤淳についてのメモ」)

意識のしたには無意識の層があり、精神分析がいうほどそこで行き止まりではない。無意識をもっと底の方へおりてゆくと、無凝光の領域がひろがっていて、そこへおりてゆくと胎児と母親がひとつに融和した状態とおなじ愉悦が待ちかまえている。そこでは対象と対象からの解脱が融けた光の状態がある。著者の知的な病いはそこで治療される。[略]でもこの本を読む者は、著者のアジテーションの身振りとその説き方のなかに、かつて甘えられなかった嬰児が、母の像《イメージ》にむかって甘えかかっている無声のエロスの声のようなものを、雰囲気として感受してしまい、とうてい水をぶっかける気になれない。柔らかく、白く、頼りないような明るさの光が、文体のあいだから、降りかかってくる次第だ。(「中沢新一『野ウサギの走り』」)

辻潤の性格、魂の在りよう、ずぼらな、面倒がきらいな行動と考え方、思想を形成したのは、母親の愛(の欠如)であり、それを充たすことが痛切な至上の愛だったことがよくわかる。そんな馬鹿な、と言っていいのか、それは男性の魂の奥にある本音だと言っていいのかわからない。ただ辻潤はイロニーをもてあそぶことができない本音主義の文章家だった。(『思想のアンソロジー』)

[5] その先見性について、柄谷行人は次のように述べている。「吉本は、なぜ高度な産業資本主義社会で天皇制の神話が機能するのかという問題を解明しようとしました。それは、旧来の経済決定論的な史的唯物論では解くことができない、したがって、彼は上部構造の自律性に焦点を当てて行きました。この点は、アドルノのようなフランクフルト学派の哲学者が、ナチズムの事態を、精神分析その他を導入して解明しようとしたのと併行しています。吉本は六〇年代にはそれを「共同幻想論」として一般理論化

しました」(『倫理21』)。同時に柄谷は、それがいかに閉じられた「内部」からの考察であったかという時代的限界についてこう指摘する。

七〇年代以後、天皇制の考察は、吉本隆明のみならず、人類学的・記号論的なものになっていきました。だから、天皇個人の戦争責任を問うことはナンセンスだということになってしまった。しかし、八〇年代半ば、昭和天皇の死が近づいた時、再び、天皇の戦争責任という声が出てきました。それは主にアジア諸国からでした。以後、天皇制の文化記号論的解釈などという議論が消滅してしまったことを見ても、それが議論の盲点を突くものであったことは明白です。/国家は共同幻想だというのは、内部から見たときにのみいえることです。国家は、何よりも他の国家に対して国家なのです。共同幻想という考えは、そのような外部性を消してしまいます。たとえば、日本人が平和憲法をもっていると思っていても、外から見れば、アジア随一の軍隊をもった国家であるとしか見えない。日本の中で天皇を批判しようがしまいが、外から見れば、天皇は残っている。そもそも、第二次大戦の戦争指導者で、そのまま四十年も生き残っていたのは、昭和天皇だけなのです。そのような国で、いったい戦争に対する「反省」がなされたのだろうか、という疑問があっても当然です。(同)

重要なのは、『共同幻想論』の吉本がかつて、「天皇」のではなく、「文学者」の「戦争責任論」によって脚光を浴びた戦中派であったという事実だ。例えば、一九五六年の処女作『文学者の戦争責任』(武井昭夫との共著)に最も強い刺激を受けたのは、団塊の世代より一回り年上の世代だった。その典型である詩人の北川透(一九三五年生まれ)は、「大袈裟ではなく、この本はわたしの世界の見方を変えた。少なくとも感覚的には、一九六〇年の騒乱を待たず、わたしの左翼幻想はこの本によって崩壊した」(「零《ゼロ》の零《ゼロ》に立つ——瀬尾育生『戦争試論1910—1945』」、『現代詩手帖』〇六年一一月号)と述べている。

『共同幻想論』という書物の否定神学性は、だがおそらくそうした幻想破壊の「外部性」の延長にはない。それは経済的下部構造が、他のすべての事物（上部構造）を決定するという、単純な経済決定論が主流であり、かつ昭和天皇の「戦争責任」問題が、すでに思想的に無効であるという時代的雰囲気の中で著された、言い換えるなら高度経済成長によって、国家の「外部性」が一時的に消えかけた時代にあっての極めて〝内向的〟な書物だったのである。団塊の世代の前衛たる全共闘の一部は、その出口なしの内向化の時代にこの本に出会い、国家の本質を「幻想的な共同性」（『ドイツ・イデオロギー』）として抽出したマルクス（主義）の観念的過激化に献身することになるのだ。絓秀実は『一九六八年』（ちくま新書）で、「新左翼」とも称された彼らにとって、「『共同幻想論』という書物に、あるいは「共同幻想」という言葉自体に抗しがたいアウラが感じられたとすれば、それは、ある種の偽史的想像力の「幻想性」の魅力に感応するところが、当時の新左翼全般にあったというべきなのである」と語っている。彼らが吉本的言説の「アウラ」に引き寄せられた最大の要因は、だがそこに「知識人的抵抗の実践」（絓）による国家という「共同幻想」の解体の指針が具体的に示されていたからではなく、大学の制度的解体と、「自己否定」というおよそベクトルの異なる紋切り型に絡め取られた彼らの〝現実離れ〟を促す、アナーキーな想像力（＝否定神学）が圧縮されていたためではなかったか。

［6］『共同幻想論』という書物の「もの」性そのものに遭遇した作家・中上健次は、次のように語っている。

一九六八年、丁度六〇年代末、この『共同幻想論』は街頭での一群の人々による暴力の噴出と共に共同幻想としての国家を露出させ、来るべき事態を予告し、何にも増して国家とは性なのだと、国家は白昼に突発する幻視化された性なのだと予言した。性が対幻想として読まれ共同幻想に転移していくという見ようによっては十全にアジア的（農耕的）なこの書物の出現は歴史的に言えばほどなく起る三島由紀夫の割腹自決と共に六〇年代から七〇年代初めにかけて最も大きな事件である。この事件を読み解くにはまったく新しい時間が要る事を読者は肝に銘じられたい。（政治的事象や社会的事象に発言したくはないが七〇年代に起ったすべての事象、全共闘から連合赤軍事件まで割腹とこの書物が創出する地平を超えるものはなく、ただ新たな事があるというのなら、それは風俗の新奇さのみであると認識している)」(中上健次「性としての国家」、角川文庫版『共同幻想論』〈解説〉より)

終章　欲望の肯定と脱政治化

［1］六〇年安保全学連のバックボーン「共産主義者同盟」(ブント)の書記長・島成郎(故人)と吉本の接点には、一九五六年の処女作『文学者の戦争責任』(淡路書房)の共著者・武井昭夫の存在があった。インタビュー「詩と都市」(聞き手/正津勉)で吉本は、その間の事情を次のように語っている。「安保闘争とのかかわりでいえば、ふたつの面があるんですよ。ひとつは、そのころぼくらは、奥野健男とか、清岡卓行とか、井上光晴とか、全学連の初代委員長だった武井昭夫とか、瀬木慎一とか、橋川文三とかで『現代批評』という同人雑誌をつくっていたんです。その雑誌の前に、おなじようなメンバーで『現代評論』という雑誌をやっていて、ものを書いていた舞台だったんです。ぼくにとっての震源地はいくつかあったわけですが、その雑誌もひとつの震源地だったんですね。武井君はその当時まだ共産党の都委員会にいて、井上光晴はもう共産党をおん出て初期の小説を書いていました。あとの人たちは共産党とはあまり関係ないんだけど、周辺の感性のところにいた。/それで、そこがひとつの震源地だったという意味は、武井君の共産党の中での後輩というか、下にいた人たち、島成郎君とか、姫岡玲治君とか、そういう人たちが共産党をおん出て、共産主義者同盟というのをつくって、安保闘争に突入した。武井君はその若い連中にいちばん信用されていた人だったんだけれど、共産党をおん出てまでというのには反対で、あいつらはバカだ、あのバカどもがっていうふうだったんです。/『現代批評』の中で、そこが揺れたわけですよ。武井君は、自分はまだ辛抱していろというのに、あの連中は背いておん出て、はねあがった運動を始めちゃった、バカどもがっていうんだった。『現代批評』の全体的な風潮としては、おん出た人たちに同情的だったわけです。ぼくは武井君とは、その前に文学者の戦争責任論をやってい

ました。島君とか、共産主義者同盟の幹部連中の気持ちは、武井君がいなかったら心細いという面もあったかもしれません。それで、自分たちのシンパとしてぼくなんかに親近感をもってきたと思います。ぼくらも心情的に同調していったということです。それが安保闘争にかかわるひとつの、ぼくの震源地なんですよ」（『世界認識の臨界へ』所収）。『現代批評』（発行者・伊達得郎、発行所・書肆ユリイカ）は、上記の他に佐古純一郎、島尾敏雄も同人に名を連ねていた（2章参照）。なお、武井昭夫と島成郎は、日本共産党加入以前に、旧制都立高校の先輩・後輩として旧知の間柄であった。二〇〇〇年に死去した島成郎に関する武井昭夫の最近の証言（http://www.bund.ne.jp/shima/takei.htm）によれば、一九四八年に結成された第一次全学連の「唯一の生き残り」が東大医学部の島成郎であり、初代委員長で、日共東大細胞リーダーの武井は、大学でも後輩の島らが、レッドパージ、共産党の内紛などを経て立ち上げた安保全学連を、「第二次の全学連の再建」と位置づけ、それを「私も助けた」としており、必ずしも吉本の語るように、「あのバカどもが」と拱手傍観していたわけではないらしい。六〇年安保を契機に吉本と袂を分かった武井は、六三年に至り、安保闘争後の論壇の一部に発生した「心情主義と主観主義の風潮」が、「反スターリン主義を標榜しつつ、いまや逆に、スターリン主義の克服への障害物ともいうべき無責任なデマゴーグに転化してゆくこと」を、「模写と鏡——ある中ソ論争」などの吉本隆明が証明していると激しく非難した（「心情的自立主義の解体」、『現代日本の反動思想』所収）。さらに六六年の「現代日本の反動思想——新日本文学会第十二会大会への問題提起」（同）では、吉本が「福田恆存と並んで、戦後民主主義とその平和意識への、最もどす黒い憎悪に燃えた敵対者として、奮闘しつつある」とし、吉本はこれに「情況とはなにかⅣ——国家・階級・党派の論理」（『自立の思想的拠点』所収）で応酬、決定的に対立を深めることになる。なお、吉本と武井の最後の〝共闘〟は、六〇年安保闘争の終息に際しての共同声明「さしあたってこれだけは」で、これは一九六〇年八月十五日付で谷川雁（草案）、関根弘、武井昭夫、鶴見俊輔、藤田省三、吉本隆明の六人の連名で作成され、一二九人の署名を得て反体制組織に発送された（川上春雄「吉本隆明年譜」参照）。

［2］絓秀実「吉本隆明と黒田寛一——六〇年安保と知識人界」（『早稲田文学0』、〇七年五月）によると、『森茂編・解説　吉本隆明詩集　革命・芸術論叢書1』のことか。なお、森茂は姫岡玲治（青木昌彦）とともに吉本隆明に賞賛された安保ブント（共産主義者同盟）のイデオローグの一人で、ブントの組織的崩壊の後には、黒田寛一の革共同（革命的マルクス主義者同盟）に転じ、さらに六三年以降は中核派と分裂した革マル派に属した職業革命家。

［3］その同時代的熱気を伝えるものとして、『討論　三島由紀夫vs.東大全共闘』（新潮社、一九六九年）中の彼らの代表の一文、「三島由紀夫と我々の立場——禁忌との訣別——」（「討論を終えて」）ほど恰好のサンプルはないだろう。ここで「東大全共闘」の匿名子Hは、まさに『共同幻想論』の〝吉本語〟によって理論武装し、三島に立ち向かおうとしているのである。以下、そのエッセンスを引用する。「一見逆立するかに見える個体的な幻想からの超越である表現と共同的な幻想領域である文化は三島の懸想（共同体の無限遠点に設定されたその対象が「天皇」であるとされる）を媒介として、なだらかに転位する。懸想は共同的な幻想を対象としてもつところに三島の幻想の秘密があるからだ」「私達は共同幻想に己れを仮託せざるをえなかった民衆の現実と地上的共同体の関係を見極めなければならず、共同幻想としてのみ地上的共同体を語ることによって政治行動をひき出そうとするのは本質的にデマゴコスなのだ」。

［4］伏線としてその三年前、梅本克己、佐藤昇との鼎談集『現代日本の革新思想』で丸山は、伝統的マルクス主義ないしは前衛神話の崩壊という歴史的背景から生まれた「純粋主義」の傾向をもつ「絶対革命主義」が、結果的に「絶対現状維持」に陥る危険について述べている。さらに丸山はそこに、「精神に傷を負った心理的ラディカル」の本質を重ねていたのだった。「その心の傷は、ある場合には党生活のなかでの個人的体験に根ざしているし、ある場合には戦中派の自己憎悪に発しているし、ある場合は、俺は一流大学を出て本来は大学教授（？）とか、もっと「プレスティジ」のある地位につく能力をもちながら、「しがない」「評論家」や「編集者」になっているという、自信と自己軽蔑のいりまじった心理

に発している。学生の場合は、現代の、とくに大都会でマス・プロ教育を受ける環境に当然ひろがる疎外感と孤独感が下地になっているでしょう」。吉本はこの鼻持ちならないエリート意識にキレたのだ。
［5］その丸山批判に、「共感の一点」を見出した吉本と同世代（厳密には二歳年上）の思想家がいた。鶴見俊輔である。丸山を「常に感銘をもって読んできた、数すくない先行者」と認めながら、鶴見は吉本への「共感」の理由を最近次のように語っている。

そのころ公刊されていた丸山真男の講演に、日本のファシズムは、亜インテリが担い手となったというくだりがあり、ついでに、みなさんは東大に入っておられるのですから亜インテリではありません、と説きすすんだ。私ならばそう言わない」（「共感の一点」、『現代詩手帖』〇三年九月号）。鶴見はこれに続けて、自分なら東大生、東大卒業生、そして東大教授が日本のファシズムの担い手だったと言っただろうと、明快に述べている。「東大教授の中の進歩的知識人。丸山真男はその代表だった。彼をなぐらなければ自分の血路をひらくことはできない、という吉本のかんに、私は共感をもった。」（同）
［6］ここで私たちは、呉智英（『「全共闘」を一括りにするな』、『諸君！』〇五年四月号）の言うように、新左翼諸党派に属するいわゆる過激派新左翼と、ノンセクト系の全共闘（各大学における全学共闘会議）をひとまず区別しておかなければならないだろう。呉智英も示唆するように、前者が「世界革命」を標榜する反スターリン主義の諸党派であったのに対し、後者の本質はその無党派的アナーキズムにあったのだ。六九年一月の東大安田講堂をめぐる機動隊との攻防を一つの契機に、全共闘は事実上、左翼諸党派のセクト連合の様相を呈するのであるが。呉智英の指摘で重要なのは、その全共闘の左翼性が、「私的な自由、市民的な欲望を実現する方向での左翼性であった」こと、「これを価値の中心に置いたのが全共闘であり、団塊の世代である」という点だ。新左翼諸党派が、なお豊かさの恩恵に浴することを潔しとせず、「疚しい良心」の疼きとともに「ブルジョア的」なるものを極力排除しようという、オールド・ボルシェヴィキ的感性になお支配されていたとするなら、全共闘のアナーキーな時代感性は、その

欺瞞に鈍感でない程度には新しかったのである。

［7］生涯相まみえることのなかった二人だが、三島は吉本隆明の一九六四年の著作『模写と鏡』に、次のような「推薦文」を献じている。筆者の推測では、二人の共通の友人であった奥野健男の仲介によるものと思われるが、貴重な資料なので以下、全文を引用する。「私は「『擬制の終焉』から、はつきりと吉本氏のファンの一人になつたが、読みながら一種の性的昂奮を感じる批評といふものは、めつたにあるものではない。読者は観念の闘牛場の観客の一人になつて、闘牛士のしなやかな身のこなしと、猛牛の首から流れる血潮に恍惚とする。／本書に収められてゐる批評の傑作『丸山真男論』をはじめ、氏の批評には、認識の運動が逞《たくま》しく働らいてつひには赤裸々な現実の真姿が現はれてくるときのスリルが充満し、三文小説でイカモノの現実ばかりつかまされて困つてゐる人は、吉本氏の著作を読むがいい。それでゐて、氏の批評には、かよわい美食家など到底及ばぬ文学的グルメの犀利《さいり》な味覚がひらめいてゐる。谷崎潤一郎の『瘋癲《ふうてん》老人日記』の末尾のカナ文字日記体を、長歌に対する反歌の役割だ、といふ卓見などそのほんの一例である」（「無題（吉本隆明著「模写と鏡」推薦文）」、『三島由紀夫全集』第32巻所収）。なお、三島由紀夫がその最晩年に対談を申し入れた文学者が吉本隆明と花田清輝であったことは、当時の編集者の証言などからよく知られているが、いずれも実現しなかった。吉本の場合には、自らこの申し出を断っている。

［8］戦後日本のベビーブーマー「団塊の世代」の一部は、高度成長の過程で激変した社会の諸矛盾、諸悪の噴出に対して、強力なアンチテーゼを突きつけた。「全共闘」（全学共闘会議）という、無党派過激学生として立ち現れた団塊世代の尖鋭たちが、爛熟した戦後社会に突きつけたそのアンチテーゼとは何だったのか。同世代の橋本治（一九四八年生まれ）は、「難解な言葉で作られた情念のコラージュ」でしかなかった彼らの「理論」に先立ってあったのが、「大人は判ってくれない」という、子供同士の秘教的暗号で、実はそこからいかなる理論構築も不可能だったという意味のことを述べている（『ぼくたちの近代史』、八七年、西武コミュニティ・カレッジでの講演・保坂和志プロデュース）。それこそが「脱

政治化」の時代的感性であろう。

［9］文学史的には「第一次戦後派」（野間宏、大岡昇平、武田泰淳、埴谷雄高、梅崎春生、椎名麟三ら）、「第三の新人」（遠藤周作、吉行淳之介、小島信夫、安岡章太郎、阿川弘之ら）に続く戦後文学の第三世代。その名付け親である小田切秀雄は、古井由吉、阿部昭、後藤明生、坂上弘ら六〇年代後半に登場した一群の作家および柄谷行人ら新世代の批評家を含めて、社会的現実への関心を失った彼らの文学の「内向的」傾向をネガティブに捉えてそう命名した。ただしその内向化には、時代的必然があった。安岡章太郎はかつて、比喩的に前世代（「第一次戦後派」）がトラクターで地均しをした岩石のゴロゴロする道を、「第三の新人」はもっと細かく手入れをして、花を咲かせられる土壌にしたという意味のことを述べているが、「内向の世代」の文学の特徴は、いわば整備された舗装道路をめくり返した、地下茎の文学だったのである。彼らの初期作品の著しい傾向でもある「幼少年期」の記憶への偏執は、そのことと無関係ではない。そこに直接描かれているわけではない「戦争」を、陰画的な根茎とするこの世代による最後の「戦後文学」は、潜行していた「戦争神経症」の最も深刻な現れだったかも知れないのである。

［10］『窓ぎわのトットちゃん』（八一年）は、タレントの黒柳徹子による戦後最大のベストセラー。発売後十か月で四百万部の売り上げを記録。吉本隆明は『マス・イメージ論』で、この作品を次のように論じた。

現在ではすでに作品の主人公「トットちゃん」が体験したような、節度ある教養のようなリベラリズムの教育理念も、家族の躾けの紐帯もほとんど不可能になっている。その根本的な理由は、現在まったきリベラリズムの基盤である市民社会が、あえぐように重くのしかかっている国家の管理と調整機構のもとに絶えずさらされてしか成立しなくなっているからだ。資本主義＝自由な競争といったマス・イメージの画像とは似てもにつかないところで、すくなくとも生産社会経済機構としての市民社会は、眼に視えない人為的な管理と操作を国家からうけとっている。またそれなしには市民社会は成立しなくなっているともいえる。主観的な（主体的な）どんな安定意識も、主観や主体とはかかわりをもたない管理と調整の噴流に絶えずふきさらされている。するとわたしたちは現に存在するマス・イメージの世界との関わりを、いわばエディプス心理的に加減しながら息をつくほかなくなっている。もちろん『窓ぎわのトットちゃん』は、いまは過ぎ去って二度と戻ってはこないような、まったきリベラリズムの教育や、躾けの理念を懐かしむ追憶によって現在のイメージの停滞に拮抗しようとしているのだ。これが膨大な読者を魔法のように惹きつけるとしたら、膨大な読者もまた、じぶんの自由にならない場所から吹きつけてくる抑圧の噴流に悩まされ不安になり、どこかに安息の場所を求めていることに、当然なるのだが。（「停滞論」）

では、同時期の吉本が『資本論』を論じるとどうなるか。

リカアドオとベイリーとが悪戦したうえ、とうとう混濁のままにほうっておいたともおもえる労働と価値との二重性の識別、分離・区分は、マルクスによって眼がさめるようにあざやかにこなされている。どこがリカアドオやベイリーとマルクスはちがっていたのか。リカアドオやベイリーが労働とか価値とかいう概念を、手足を動かして働くとか、じっさいに値打ちがある物とかいう具象的な手触りや感覚的な存在からきりはなすことができないで、いつも具体的な場面と労働や価値の抽象性との「間」を、行きつもどりつ堂々めぐりして泥沼のなかにのめりこんでしまったのにたいし、マルクスは具象性の領域をこえて、スミスのいう「哲学（人）」の領域へ、いわば抽象的な概念の領域へ「労働」や「価値」をどんどんひきずりこんで、おそれず考察の対象にできたからだ。行動とか物とかの境界をこえて抽象的な世界にはいり、そこに境界があらわれるとまた越境してつぎの抽象的な領域にはいる。現象がおこっている場面から遠ざかりはしまいかなどというつまらないためらいなどに足をとられることはなかった。［略］大切なことはこのリンゴの価値物としての実存の仕方に、マルクスが形態という概念をあたえたことだった。これはスミスもリカアドオもベイリーにもおもいもおよばなかった。マルクスが自負するなら、ここですべきであった。わたしたちが形態論（『ハイ・イメージ論Ⅰ』収集）で述べたように、価値に形態を認知するためには、たんに価値には使用価値と交換価値があることを認識しただけではだめなはずだ。それだけのことならスミスにもリカアドオにもすでに、このふたつの価値概念の在り方を熟知していた。だがそれらの価値を形態として認知するためには、このふたつの価値概念にたいして、もうひとつその把握を客体化する視線がくわわらなければならない。マルクスには形態にまでたかめられる価値概念の把握があったが、スミスやリカアドオやベイリーには価値概念があるという認知しかなかった。このちがいはリカアドオの価値の認識をどうしても形態にまでたかめさせない理由だったし、関係がはいってこなくては物（商品）の価値という概念はありえないという認識をせっかく手にしながら、ベイリーがどうしても価値形態という概念にいたらなかった理由だった。（「拡張論」、『ハイ・イメージ論Ⅱ』ゴチックは原文）。

見事な分析という他ない。そして恐らく彼の批評言語は、『共同幻想論』の時代よりも確実に〝開かれている〟と言えるだろう。ただ問題は、もしこの両テクストを扱う吉本の「水準」、「文体と言語」が「おなじ」だとするなら、それは彼が何を論じようと「おなじ水準で、まったくおなじ文体と言語」であるテキストを扱えなくなったという批評的衰弱をも意味していた。事実、スミスの価値と分業をめぐる「抒情詩」を、リカアドオは「物語」化しようとし、マルクスはさらにそれを「劇」にまでもっていったといった卓抜な比喩による解読格子は、『窓際のトットちゃん』の解読には求め得べくもないし、その必要も全くない。もしあり得るとすれば、それは黒柳徹子が『資本論』を読破することよりもさらに困難な〝奇蹟〟である。『言語にとって美とは何か』と『共同幻想論』と『情況』の「水準」と「文体と言語」の多産的差異を見よ。

［11］歌集としては破格の四百万部（『窓ぎわのトットちゃん』に匹敵する）の大ベストセラーとなった。

［12］林真理子、俵万智、吉本ばななが登場する脱政治化の完成期、日本の文学的八〇年代は、田中康夫の『なんとなく、クリスタル』（八一年）で幕を開けた。翌年には高橋源一郎によるアヴァン・ポップ小説『さようなら、ギャングたち』が、また村上春樹の『羊をめぐる冒険』が相次いで刊行される。翌八三年に現れた島田雅彦のデビュー作『優しいサヨクのための嬉遊曲』を加えると、サブカルチャーの浸透を受けつつ、純文学系の文芸誌に「新人」として登場したそれぞれ資質の異なる彼らの、脱政治化へ向けた全会一致的な〝協同〟の様が浮き彫りにされよう。なお八三年は、中上健次の問題作『地の果て 至上の時』が書き下ろしで刊行された年でもあるが、この作品の主人公が、父親殺しという〝期待の地平〟を裏切らざるを得なかったところにも、もはや物語的な定型の反復が不可能になった八〇年代のアポリアが刻印されていた。カルチャーとサブカルチャーの「分裂した空域」を埋めたと吉本が評した（『一九七〇年代の光と影』、『大情況論』）村上春樹の『羊をめぐる冒険』については、従来その第一章のタイトルに「1970／11／25」という、三島由紀夫が市ヶ谷自衛隊駐屯地で割腹自殺を遂げた日付が記されていることが、詮索の対象になってきた。だがこのクロニクルの表示によって、カモフラージュされてきた事実がある。それは、『羊をめぐる冒険』が、同じ北海道を舞台とする三島の『夏子の冒険』の周到なパロディであったという事実だ。村上はここで「戦後」における「冒険」の本質的不可能（その背景的要因には敗戦後の「アメリカの影」がある）という主題を反復しつつ、三島事件後の脱政治化に向けた時代要請に従応していたのである。

あとがき

七〇年代は批評の時代だった。その前半が学生時代と重なるこの時期に、私は方々の大学や市民ホールのような所へ出かけて、様々な批評家の肉声に接した。まだカルチャーセンターなどない時代だが、小林秀雄から柄谷行人まで、本を読むだけでは飽きたらずに、直接「声」を聞こうとよく出向いたものだった。

小林秀雄の前座に福田恆存が登場したり、論争中の柄谷行人と埴谷雄高が居合わせ、牽制球を投げ合った講演会などもあった。こういうライブ感覚は、あの時期を逃しては二度と味わえない貴重なものだったような気がする。東中野の新日本文学学校のボロ校舎に、鶴見俊輔がやってきて、五十人足らずの聴衆を前に素晴らしい花田清輝追悼講演をやったのも憶えている。だが時代は、どうしたって吉本隆明のものだったのだ。

連合赤軍事件のあった一九七二年、高層ビルが立ち並ぶ前の新宿西口にあった朝日生命ホールでの吉本の講演はことのほか印象的だが、この時の前座に予告なしで廣松渉が現れたのには驚いた。真打ちの吉本は開口一番「戦争が露出してきた」と語った。せわしなく左右に頭髪を掻きむしりながら、決して流暢ではなく、だが確信に満ちた口調で。

連合赤軍事件や同年の日本赤軍によるテルアビブ空港乱射事件、またグアム島のジャングルで発見された元日本兵が帰還するといった出来事に加え、ニクソン米大統領の電撃的訪中で、米ソ二極構造が大きく揺らいだのがこの七二年だった。吉本は後に何度もこの時期に決定的となった日本社会の大きな変化について語っているが、その変化の予兆に対する第一声が、「戦争が露出してきた」だったのである。そこで顕わになったのは、戦後が振り出しに戻ったこと、それにより吉本自身の「戦争責任論」を含めた「戦後思想」の総体が、「戦争の露出」によって無に帰そうとしていること、そういう切迫した時代認識を語っていたのだ。だがそれを言うなら、吉本隆明こそが戦争を露出させた思想家だったのである。彼の「戦争責任論」、「転向論」の取り柄はそれ以外にない。

講演会場は、独特の熱気と緊張感に包まれていた。なかには一目で全共闘崩れと分かる吉本ファンが群をなしていて、彼らのすぐ後ろの世代に属する私には何とも鬱陶しい限りだった。新宿のジャズ喫茶などで、相変わらず〝吉本語〟をジャーゴンのように駆使する彼らは、かなり浮いた存在になりつつあった。六〇年安保の青春群像を描いた大島渚の『日本の夜と霧』の上映会場で、恥ずかしげもなくスクリーンに向かって、「ヨシッ!」とか「ナンセンス!」とか叫んでいるような左翼学生などとともに。吉本隆明や谷川雁の著書にある片言隻句を、機関紙に引用するような新左翼セクトもあったが、今も昔も〝お呼びでない〟ことを自覚できない左翼のアナクロニズムほど惨めなものはない。

私にとっての〝一九七二年の変化〟は、何よりそうした違和感から始まる。ちょうどその頃、新宿駅東口付近で陶然としてシンナーを吸っていた青年の側を、巡査が侮蔑の一瞥をくれながら通り過ぎたのを、去りゆく時代の影のように今も記憶している。お巡りも無害なヒッピーの残党などに、かまっていられる時代ではなくなっていたのだ。

さて、それからいくつもの時代の節目がやってきたが、その節目節目で吉本が沈黙を守ることは絶えてなかった。

本書は、そのように戦後史の「現在」と相渉り続けてきた吉本隆明の資質の根源を、できるだけ多方向から遍照しようとした思想的「評伝」であり、そのための「方法序説」である。ただし、ここでは生身の吉本隆明の実人生は、ほとんど追跡の対象にはなっていない。

最初の構想にあったのは、団塊の世代の思想的教祖・吉本を前景化してみることであったが、結果的におよそ別のものになった。軌道修正に大胆に介入し、世代論的な部分を惜しげもなく削ぎ落とし、入稿データを再構成した上で、必要な加筆に貴重な助言と励ましを下さったのは、インスクリプトの丸山哲郎氏である。作業を進めながら、正直私はこういうエディターシップをもった編集者が、まだこの〝業界〟に生き残っていたことの僥倖を感じずにはいられなかった。

本書を執筆中に私は、何度も花田・吉本論争について考え直した。本文では触れなかったが、吉本隆明が切り棄てたマーシャル・マクルーハンの同時代人花田の知性の根を掘り起こせば、あるいはこの国における「カルチュラルスタディーズ」の最良の可能性が見えてくるだろう。あまり多くの読者の眼には触れなかったが、私には戦時下に花田が書いた中国や朝鮮、東亜共同体に関する時局論から、改めてこの論争を洗い直した『「近代の超克」論―花田清輝とファシズムの修辞学』(『昭和精神の透視図』所収)という十五年も前に書いた長い論文があるので参照されたい。

これを書いた九〇年代はじめから延々と近代知識人論をやってきたが、五十歳代半ばにして漸く念願の吉本隆明論を書き上げることができた。本文の初校ゲラに手を加えながら、吉本の最新の著書『吉本隆明　自著を語る』を読んでいて、「花田清輝の文学者としての本領を発揮した時期っていうのは、最後の頃――つまり『小説平家』みたいな歴史物の小説を書いた時なんです」という一節を目にして、感慨深いものがあった。最終章で触れた吉本の「脱政治化」という思潮への加担は、花田的「政治」の切断をもってはじまることを今更ながら確認したが、その意味でもこの論争は再考に値する。

「批評は死につつある言葉、しかも自覚的に死につつある言葉だ」（『悲劇の解読』序）と、かつて吉本は語った。この致死の自覚から発せられた言葉が、人を酔わせ、泣かせ、狂わせ、時に殺しさえするのだ。その恐ろしさ、思想の力というものを、昔々、吉本隆明さんから学んだと思っている。これは浅学非才の私にとって唯一の〝学恩〟のようなものなので、白々しい気もするが、あえて難産だった本書の最後に記して、感謝の意を表する次第である。

なお、引用は詩については『吉本隆明全詩集』、『吉本隆明詩全集』を、散文テキストに関しては、『吉本隆明全著作集』が未完ということもあり、適宜それぞれの単行本を底本として使用した。

二〇〇七年七月十八日

【著者】

高澤秀次（Takazawa, Shuuji）

1952年生まれ．早稲田大学第一文学部卒，文芸評論家．中上健次に関する年譜，評伝，編著のほか日本近代思想史，戦後知識人論，また沖縄，対馬をフィールドワークした民俗ルポルタージュなどの著書多数．

これまでの著書

『旗焼く島《ムラ》の物語－沖縄読谷村のフォークロア』，『辺界の異俗《フォークロア》－対馬近代史詩』，『昭和精神の透視図《パースペクティブ》』，『戦後知識人の系譜』，『評伝中上健次』，『ニッポンの知識人』（絓秀実，宮崎哲弥との共著），『海をこえて　近代知識人の冒険』，『中上健次事典』，『この思想家のどこを読むのか』（西部邁、佐伯啓思らとの共著），『江藤淳－神話からの覚醒』，『戦後日本の論点－山本七平の見た日本』

中上健次に関する編著として

『中上健次エッセイ撰集』（全二巻），『中上健次と読む「いのちとかたち」』，『中上健次［未収録］対談集成』，『現代小説の方法』がある．

吉本隆明 1945−2007

高澤秀次

2007年9月20日初版第1刷発行

発行者 丸山哲郎
装 幀 間村俊一
写 真 港 千尋

発行所 株式会社インスクリプト

〒101-0051 東京都千代田区神田神保町1-18-1-201
tel 03-5217-4686 fax 03-5217-4715
info@inscript.co.jp
http://www.inscript.co.jp/

印刷・製本 株式会社厚徳社

ISBN978-4-900997-17-2
Printed in Japan